文学与物
科普系列

鹿义霞 著
李小东 绘

奇物说

西安出版社

图书在版编目（CIP）数据

宋词奇物说 / 鹿义霞著；李小东绘. -- 西安：西安出版社，2024.11. -- ISBN 978-7-5541-7733-4

I.I207.23；Q95-49

中国国家版本馆CIP数据核字第2024X8R714号

宋词奇物说
SONGCI QIWU SHUO

著　　者	鹿义霞
出 版 人	屈炳耀
策划统筹	贺勇华
责任编辑	路　索
印刷统筹	尹　苗
出版发行	西安出版社
社　　址	西安市曲江新区雁南五路1868号 影视演艺大厦11层
电　　话	（029）85264255
邮政编码	710061
印　　刷	陕西龙山海天艺术印务有限公司
开　　本	889mm×1194mm　　1/32
印　　张	7
字　　数	140千
版　　次	2024年11月第1版
印　　次	2024年11月第1次印刷
书　　号	ISBN 978-7-5541-7733-4
定　　价	58.00元

△本书如有缺页、误装，请寄回另换

目录

大雁	空中飞行『科学家』	001
鹈鹕	一张大嘴吞四方	013
杜鹃	『腹黑』的寄生鸟	023
鹰	拥有『千里眼』的空中霸主	033
鹦鹉	动物界的『语言大师』	043
鹤	为什么被称为『仙禽』？	055

鹧鸪　声声叫『行不得也哥哥』	067
猫头鹰　夜视王者会『反差萌』	079
乌鸦　神鸟？孝鸟？凶鸟？	089
鲸　长得像鱼，却不是鱼	101
豺　最神秘的『四大猛兽』之一	113
骆驼　丝绸之路上的主力军	123
鼍　鳄鱼家族中的『乖孩子』	133

蝉	蟋蟀	蜉蝣	蝴蝶	萤火虫	蟾蜍	河豚
为什么是『高冷』的昆虫？	是『鸣虫』也是『斗虫』	一生短暂，绚烂如斯	生命的四重奏	提灯笼的暗夜精灵	身怀『毒』门绝技	遇到危险就『气鼓鼓』
207	195	185	175	163	153	143

[宋] 赵佶·柳鸦芦雁图（局部）

大雁

空中飞行"科学家"

渔家傲

北宋·范仲淹

塞下秋来风景异,衡阳雁去无留意。
四面边声连角起,千嶂里,长烟落日孤城闭。
浊酒一杯家万里,燕然未勒归无计。
羌管悠悠霜满地,人不寐,将军白发征夫泪。

北宋词人范仲淹是一代名臣，也是一代文豪。他在烽火连天的战场上表现出非凡的军事才能，他的文韬武略令敌人闻风丧胆。《渔家傲·秋思》是范仲淹担任陕西经略安抚副使兼延州知州期间创作的一首词。当时，北宋与西夏处于战争对峙状态，范仲淹在延州负责边防事务。

北宋仁宗宝元元年（1038）十月，西夏元昊称帝，反宋自立，率领大军屡屡进犯大宋。宋军连遭败绩，朝野上下一片慌乱。1040年，仁宗不得不重组一线指挥机构，任命范仲淹为陕西经略安抚副使（副总指挥）。这一年，范仲淹已52岁。他临危受命，立即赶赴边疆，强士卒，训精锐，抚流亡，安百姓，筑塞建城，爱军精武，把岌岌可危的西部边防筑成了一道钢铁长城，带领部署打响了可歌可泣的民族自卫战。面对复杂的军事对抗与孤寂荒凉的边地环境，这位兵甲富胸中、忧乐观天下的词人写下了许多豪放词作。其作品中充满了对国家与民族命运的深切关怀，也饱蘸着强烈的情感抒发和个人思考。

《渔家傲·秋思》一词意境开阔苍凉，其中既有对将士们英雄气概及艰苦生活的描写，也有久戍边地思乡忧国情怀的吐露。武可杀劲敌、文能著宏文的范仲淹，为我们描摹出了一幅寥廓荒僻、号角阵阵的边塞鸟瞰图：

秋天到了，西北边塞的风光与江南的景致颇不相同。此时此刻，头顶的大雁又排着队形开始向南方的衡阳飞去，一点也没有停留之意。黄昏时分,军中号角吹响。和着号角,周边的风声、马啸声、羌笛声也随之而起,在四面八方此起彼伏。连绵起伏的群山里,夕阳西下,暮霭沉沉,孤零零的一座城城门紧闭。

饮一杯浊酒借酒浇愁,词人思绪迭起,不由得想起万里之外的亲人。然而,眼下战事未平,功业未建,还不能早作归去的打算。远方传来羌笛的悠悠之声,天气寒冷,霜雪满地。夜深了,在外征战的人辗转反侧,难以入眠。戍边之人思念亲人,无论是将军还是士兵,都被霜雪染白了头发,想起往事默默地流泪。

在这首词中,自北向南飞行的候鸟——大雁,成为作者寄托思乡情感的重要意象。雁最早出现于《诗经》,主要是用比兴手法,以具体的形象来激发读者想象。后来,它便频频亮相于诸多文学作品中,被赋予多种象征意蕴。作为备受瞩目的空中旅行家,大雁都有哪些看家本领与生存之道呢?

大雁,雁形目鸭科雁属鸟类的统称。体型略像家鹅,因此也被称为野鹅。大雁善于游泳和飞行,在我国属于国家二级重点保护野生动物。大雁属于杂食性水禽,常栖息于湖泊、水生植物丛生的水边或沼泽地,并在附近草地、田野或松软的滩涂觅食;喜食草本植物、水生植物,也吃少量甲壳类或软体动物。它们群居性强,无论是飞行或是栖息,都喜欢集群活动。当一只大雁仰着脖子鸣叫时,其他的大雁也会积极响应,一时之间,雁鸣声此

宋词奇物说

鸿 雁　*Anser cygnoides*

起彼伏。当然，大雁内部也有等级秩序，彼此之间通过斗争确定内部的关系，获胜者拥有优先采食与交配的权力。

我们所说的大雁是一个统称，全球共有 9 种大雁，我国常见的有 6 种，它们分别是白额雁、鸿雁、豆雁、灰雁、黑雁、斑头雁。它们在我国民间都叫"大雁"。

大雁中有一种常见的种群，即鸿雁。成年雄鸿雁体长约 90 厘米，体大而颈长，喙黑而粗壮，嘴甲较大，嘴峰 8.7~9.8 厘米，与前额形成一条直线，嘴甲和嘴的基部环绕着一圈狭窄的棕白线，像是它给自己精心挑选了一条蕾丝丝带环绕在嘴上。翅膀长 45~46 厘米，尾巴长 14~15.2 厘米。深得造物主偏爱的它们，羽毛颜色搭配漂亮、有序。你看它们前颈近白色，后颈棕褐色；上体褐色，点缀有棕白色横纹；腿脚多呈橙黄色或肉红色，就像穿着一件低调中略显奢华的花衣裳，跗跖 80~82 毫米，黑色。雌性体型比雄性略小。

鸿雁作为冬候鸟，冬天寒冷的季节会选择在中国南方比较暖和的地方过冬，等来年春暖花开，再飞回北方筑巢、繁殖，等"雁宝宝"羽翼渐丰，秋天也悄悄给万物染上了一片金黄，它们就会再次飞离北方，飞往温暖的南方。鸿雁在飞行时，常与其他种类的大雁混在一起，不过，要找出它们也很容易，只需要看哪个脖子伸得最长，哪个就是鸿雁。

鸿雁就像忠诚的信使，春天北去，秋天南往，从不失信。因此，在古代交通不便的情况下，人们常常利用鸿雁传递消息，最著名的一个典故莫过于苏武的"鸿雁传书"。汉朝时期，奉命出使匈奴的苏武被对方扣留了多年，匈奴一方面对苏武威逼利诱劝降，一方面对汉朝谎称苏武已死。后来，汉使者故意对单于说天子打猎时射下一只北方飞来的鸿雁，其脚上拴着苏武写的帛书，单于只好放了苏武。

宋词中，鸿雁频繁出现，它聆听过无数爱情的誓言与相思之声。"云中谁寄锦书来，雁字回时，月满西楼。"（李清照《一剪梅·红藕香残玉簟秋》）"征鸿过尽，万千心事难寄。"（李清照《念奴娇·春情》）"鸿雁在云鱼在水，惆怅此情难寄。"（晏殊《清平乐·红笺小字》）"最无情、鸿雁自南飞，音书缺。"（汪元量《满江红·吴山》）……

《礼记·月令》中说："孟秋之月寒蝉鸣，仲秋之月鸿雁来，季秋之月霜始降。"雁是在北方生育雏雁的。它们通常栖息在河川、沼泽地带，以鸿雁为例，它们在草丛或茂密的芦苇间筑巢，产卵4~6枚，卵为乳白色。农历秋八月，疾风劲吹，雁南迁。雁群每次迁徙大约要经过1~2个月的时间。这种随时节变换在南北之间的长途迁徙，有时候会遭遇某种意外或凶险，比如恶劣天气的突然来袭，让雁群中的鸿雁掉队或者失群；比如撞到了什么危险物品折断了翅膀；又比如遇到了天敌，失去了性命。总之，迁徙中的种种艰辛，总让古人联想到远行之人的漂泊无定，引起游

子的思乡怀亲之情与羁旅伤感。于是，人们看见雁，第一时间就会想起自己的家乡，如"惟有河边雁，秋来南向飞"（庾信《重别周尚书诗二首·其一》），"夜闻归雁生相思，病入新年感物华"（欧阳修《戏答元珍》），"因思杜陵梦，凫雁满回塘"（温庭筠《商山早行》），"凭高目断，鸿雁来时，无限思量"（晏殊《诉衷情令·其三》）……

"古来它能传书信，如一如人群飞行"，谜语中的这种大型游禽即大雁。它们在飞行时队伍整齐而有变化，组织严密、井然有序；迁徙中总是几十只、数百只，甚至上千只汇集在一起，排成"人"字形状或者"一"字形状并定时交换左右位置。这种有序的行为方式在禽鸟中较为罕见，也特别为人关注和好奇。互相紧接着列队而飞的大雁队列，古人称之为"雁阵"。

这种颇富群体性与诗意性的表现，也常常触发文人深远的情思，于是有了唐代王勃《滕王阁诗序》中的"雁阵惊寒，声断衡阳之浦"；宋代陆游《幽居二首·其二》中的"雨霁鸡栖早，风高雁阵斜"；也有了清代曹雪芹在《红楼梦》第三十八回，借探春之笔写下的《残菊》中的"半床落月蛩声切，万里寒云雁阵迟"。

雁阵变换多样的美感，也被运用在中国书法艺术中，成为运笔的一种技法，指字下四点排列之势。《书法三昧》这样形容："急雁阵，缓雁阵，'燕''然''樵'三字外不可用。"

大雁在飞行中一般排成人字阵或一字斜阵，这样做并非是为了追求队形的美与秩序，而是它们在实践中总结出来的独特群体飞行策略。这种队形具有多种优势，涉及节省能量、导航定位、警戒、通信、保护、劳逸结合等方面。生物学家们经过研究后得出结论：雁群这一特别的飞行阵势能够产生一种空气动力学的作用，使它们飞得最快并最省力。通过飞行过程中的分工与协作，雁阵成员可以比单独飞行的大雁多飞70%的路程。编队飞行并依序交换位置的它们，通过借助团队的力量完成长途迁徙。这种协同作战、协调共融的方式也被运用于管理学研究——"雁阵效应"。

作为飞行健将、大旅行家，大雁的飞翔姿态矫健美丽，也给了古代民间老百姓许多日常生活的启发。宋代立春的时候，有一个民俗，女子用带颜色的罗、绢或纸，剪成长条状的小幡，戴在头上，以示迎春，这便是春幡，又称"春胜"。"春胜"的形状多为燕子和大雁。之所以选择佩戴燕子和大雁形态的首饰，是因为两者不仅使女子显得姿态轻盈美丽，还意味着祥瑞与福气。关于女性佩戴形如飞雁的发钗，北宋张先曾在《雨中花令·赠胡楚草》中写道："近鬓彩钿云雁细。好客艳、花枝争媚。"

大雁还是鸟类中的爱情典范，它们对伴侣的忠诚程度远远超出人们的想象。即使是南北迁徙的时候，伴侣也紧密地贴合到一起。它们情深义重、始终如一，不论风雨霜雪都不离不弃。所以，一群大雁里很少会出现单数。它们严格执行一夫一妻制，一旦选择对方便相爱终生、至死不渝。如果伴侣遭遇不幸，另一方依然会坚守缔结的爱情，部分大雁甚至还会殉情。这种一旦选定伴侣便将爱情进行到底的坚定情感，让人赞叹有加。

元好问有一首千古传颂的《摸鱼儿·雁丘词》，灵感即来自现实生活中大雁可歌可泣的爱情故事。时年16岁的他，因听到一对大雁殉情而死的故事深感震撼，于是落笔成文，写下千古名篇。其序交代了这首词的写作背景："乙丑岁赴试并州，道逢捕雁者云：'今旦获一雁，杀之矣。其脱网者悲鸣不能去，竟自投于地而死。'予因买得之，葬之汾水之上，垒石为识，号曰'雁丘'。同行者多为赋诗，予亦有《雁丘词》。"这首词的开头几句尤其脍炙人口："问世间，情是何物，直教生死相许？天南地北双飞客，老翅几回寒暑。欢乐趣，离别苦，是中更有痴儿女。"

大雁的专情与忠诚，令人羡慕。在古人看来，大雁是忠贞守信、比翼双飞、和谐幸福的象征，所以人们希望自己的婚姻也能像大雁一样，一生一世一双人。我国古代婚姻讲究三书（聘书、礼书、迎书）六礼（纳采、问名、纳吉、纳征、请期、亲迎）的习俗。大雁在婚礼中扮有重要角色。《仪礼·士昏礼》载："昏礼下达纳采，用雁。"贾公彦疏："昏礼有六，五礼用雁……唯纳征不用雁。"古代结婚的"六礼"中，有五礼都要送大雁，可见大雁寄托了古人对未来婚姻的美好祝愿与期待，也是对对方的一种郑重承诺。

李时珍在《本草纲目》中盛赞大雁有四德:"寒则自北而南,止于衡阳,热则自南而北,归于雁门,其信也;飞则有序而前鸣后和,其礼也;失偶不再配,其节也;夜则群宿而一奴巡警,昼则衔芦以避矰缴,其智也。"寒来暑往按时出现在衡阳,是守信用;飞行有序,是守礼;配偶死去不再另行交配,是守节;夜晚有守夜预警的雁,白天衔芦草为了避开人类的短箭,是智慧。因为大雁的这些美好品德,古人把大雁称为禽中之冠。

作为自然形象的大雁,展现着协同作战的智慧;作为艺术形象的大雁,堪称优秀人格品性与行为规范的代言者。

动物明星小档案

学名 鸿雁

分类 鸟纲雁形目鸭科雁属

别名 大雁、雁鹅

国内分布 中国东北北部和西南部,为繁殖鸟或旅鸟;东北南部、内蒙古中部、新疆、青海、河北、河南、山西、山东,为旅鸟;台湾,为迷鸟;在长江中下游南至福建及广东东海沿海一带越冬。

特征 成鸟体长约90厘米。围绕嘴基的额部有1条棕白色狭纹;头顶至后颈棕褐色;上体余部大多褐色,各羽羽缘或多或少沾棕白色;头侧、颊和喉淡棕褐色;前颈和颈侧白色;胸棕白色,向后转为白色;两胁暗褐,羽缘棕白;嘴黑色;脚橙黄或肉红色。两性相似。

冷知识

大雁飞行也"偷懒"

我们知道,大雁迁徙时,会在空中变换队形,加速飞行时,队伍排成"人"字形,一旦减速,队伍又由"人"字形换成"一"字长蛇形。在队列中,飞在最前面的叫"头雁"。当头雁的翅膀划过空中,翅膀尖上就会产生一股微弱的上升气流,排在它后面的大雁,就可以依次利用这股气流,顺风飞行,节省体力。但头雁因为没有这股微弱的上升气流可利用,很容易疲劳,所以在长途迁徙的过程中,雁群需要经常地变换队形,更换头雁。

［宋］佚名·江山秋色图（局部）

鹈鹕

一张大嘴吞四方

渔家傲

北宋·释净端

斗转星移天渐晓。蓦然听得鹈鹕叫。山寺钟声人浩浩。木鱼噪。渡船过岸行官道。

轻舟再奈长江讨。重添香饵为钩钓。钓得锦鳞船里跳。呵呵笑。思量天下渔家好。

宋词奇物说

《渔家傲·斗转星移天渐晓》是宋代释净端所作的一首词。净端,号安闲和尚,是宋朝的一位僧人,因翻身扮作狻猊(suān ní,中国古代神话中的神兽,形似狮子)状,世称"端狮子"。净端喜欢住在湖州西余山,为人佯狂不羁。他通晓经史,擅长诗书,喜游山水,辩才出众,与当时的政治家、文学家苏轼、章惇、秦观等人都有交往。净端注重生活情调,尤以品茶自得禅趣,常在溪畔汲取山泉,寻找枯松烹茶为乐。

在古代文学中,渔家生活是常见的题材。有人写其恬静闲适,有人写其辛苦奔波,有人写其浪漫唯美,有人写其豪放粗犷。注重禅意的净端描摹的是一种与自然亲密接触、忘却尘世之扰的渔家之乐。该词情景交融,意境深远,为我们营造出人与自然和谐共生的诗意场景:

渔翁夜钓到天亮。拂晓时分,斗转星移,晨光微现,耳畔突然传来鹁鹕的叫声。山寺的钟声悠悠回荡,响彻于天地之间。伴随着人声喧动,人间烟火正浓;伴随着"笃笃"的木鱼声,撑船从官道渡过。

乘一叶扁舟,垂钓长江水面。风平浪静,添饵重钓,成功引来鱼儿纷纷上钩,它们在船里跳跃。此时此刻,鱼虾满篓,收获满满,让人高兴得合不拢嘴,不由遐想联翩:渔家的生活多么美好!还是做一个无忧无虑的渔夫自在、惬意啊!

词中,作者通过描绘鹁鹕叫声、山寺钟声、木鱼声,以及渡船过江、钓鱼等画面,勾勒出清早的宁静诗意与热烈鲜活,展现出一种自然和谐而又充满生机的氛围。整首词细腻生动地描绘了长江垂钓的鲜活画面,展现了词人对自然和生活的热爱,同时表达出对平凡、温馨的渔家生活的珍视与向往。在山水之间的钓鱼生活中,词人感受到时间的流转、自由的珍贵以及生活的诗意,获得充分的心理满足。

在词中,净端写钓鱼人夜钓到天亮,"蓦然听得鹈鹕叫"。鹈鹕是一种什么样的鸟呢?与鱼有没有特别的关联?

鹈鹕,别称塘鹅或河鸟,鹈形目鹈鹕科鹈鹕属的大型游禽,体型较大,是现存鸟类中的"大块头"之一,极具辨识度。成年鹈鹕类体重约 2.7~15 千克,体长 1.05~1.88 米,雄鸟体型大于雌鸟,最大的鹈鹕是卷羽鹈鹕,体长可达 1.8 米,翼展长 3.45 米,体重达 13 千克。鹈鹕喜食各种鱼类,甲壳类、软体动物或两栖动物等也常常是它们的零食。它们全身羽毛短而密实,羽色主要有白色、桃红色或浅灰褐色。它们广泛分布于亚洲、欧洲、美洲、非洲以及澳大利亚等地,喜欢栖息于沿海一带。江河、湖泊、池塘、岛屿、沼泽等处都能看到它们的身影。全世界的鹈鹕共 1 属 8 种,中国常见的鹈鹕有 3 种:白鹈鹕、斑嘴鹈鹕和卷羽鹈鹕(因脑袋上长着卷曲羽毛而得名)。其中,白鹈鹕主要分布于新疆、青海等地,斑嘴鹈鹕在我国均有分布,卷羽鹈鹕多见于我国东南沿海一带。按照分布地推断,净端作这首词时,所见可能是斑嘴

宋词奇物说

斑嘴鹈鹕　*Pelecanus philippensis*

鹈鹕或卷羽鹈鹕。

鹈鹕是"跨专业、复合型"的"学霸",既能在空中飞,也能在水里游,还能在地面走,可谓上天、入地、下海都游刃有余的"水陆空"动物。它们的翅膀宽大,翼展较宽,展开可至3米。双翼强劲有力,可以长距离飞行。飞行时头部向后紧缩,巨大的嘴巴向前直伸,其飞行速度能够达到40千米/小时。

这种身体结构,是为了捕鱼进化出来的。鹈鹕在水面上飞翔的时候还能有效过滤水的折射,精准锁定水里的鱼。一旦看到目标,它们就会从天上俯冲下来,以迅雷不及掩耳之势扎进水里。除了飞行,鹈鹕在游泳方面也有"独门绝技",可以让双翅紧闭于背上,滴水不沾。之所以有此特异功能,是因为它们短小的尾羽处有黄色的油脂腺,可以分泌大量的油脂。聪明的鹈鹕喜欢将油脂涂抹于自己的羽毛上,通过反复的美容"SPA"使羽毛美丽顺滑,增加防水性。

鹈鹕最引人注目的特征是拥有一张神奇的大嘴。嘴宽大直长,长度可超过30厘米,几乎达到身体的1/3,让人过目不忘。其嘴巴之大,看起来仿佛"哆啦A梦"后备的四次元空间袋,似乎能装进去任何东西,实在是又大又魔性。鹈鹕好像知道自己的大嘴很特别,所以它看见什么东西,都想张嘴"吃"一口,也不管吃得下,吃不下,总之,先"夹"为敬。

这种大型游禽还被大自然赐予了自由伸缩的"大皮囊"——

喉囊。喉囊最大容量能装下 18 升水。按照人类一人一天喝 800 毫升的水换算，鹈鹕的喉囊相当于可装下一个人 22 天左右的喝水量。鹈鹕的喉囊极度发达，堪称储存食物的粮仓。繁衍后代期间，这个"粮仓"便源源不断地为雏鸟提供丰富的食物。

因为成功拥有大嘴与喉囊两大法宝，鹈鹕的捕鱼技术堪称一绝。当它们发现猎物时，会以迅雷不及掩耳之势将大嘴伸入水中，利用神奇的喉囊将水和鱼一并收为囊中之物。随后，它们灵活地收缩喉囊，顺利将水挤出，仅留下鱼儿作为自己的美餐。其张嘴猎食之状，简直可用"血盆大口"来形容。鹈鹕的大嘴巴简直是鱼类的克星，让鱼类望而生畏，一旦猎物被瞄准，很少有鱼可以从这个"洞"里逃出生天。

《庄子·外物》有云："鱼不畏网，而畏鹈鹕。"半尺长的鱼，瞬间就被鹈鹕毫不费力地吞食下去，称它们是"水鸟中的战斗机"一点也不夸张。鹈鹕不但嘴大，食量也颇为惊人，一餐能吞下三斤的鱼。由于其生活习性（喜食鱼类、甲壳类、蛙类等水生动物）与广东人的饮食习惯相似，而且什么都想尝试，鹈鹕还被戏称为"鸟中广东人"。

巨大的嘴巴和喉囊方便鹈鹕捕鱼，但也使它们头重脚轻。尤其是在成功捕到众多猎物时，其大嘴和喉囊里装满海水，使得头浮出水面变得困难。所以，鹈鹕自水中现身时，最先露出水面的往往不是头部和巨嘴，而是尾巴。

鹈鹕是群居动物,在野外常成群生活。捕鱼的时候,它们就群体协作,采用围剿战术。一群鹈鹕排列成直线或"U"形,共同驱赶、包抄鱼群至河岸水浅之处,然后凫水前进、一起捕捉。正如辛弃疾在《哨遍》一词中所写:"有网罟(gǔ)如云,鹈鹕成阵,过而留泣计应非。"喜欢成群结队的它们,一旦出现,场面相当壮观。除了飞行与游泳,鹈鹕还常常在岸上美美地晒太阳或悠闲地梳洗羽毛。迁徙时,它们也多集群成列飞行。

看起来生猛无比、大大咧咧、无所畏惧的鹈鹕,对婚姻却十分忠诚,一旦选定伴侣就会相伴到老。即便对方遭遇不幸,留下来的鹈鹕也大部分忠诚于爱情,很少会重新寻找新的伴侣。在养育孩子方面,不管是孵化,还是育雏,鹈鹕夫妻也是共同承担。鹈鹕妈妈每次产卵2~3枚。鹈鹕爸爸不但是模范伴侣,还是超级"奶爸",会和妻子一起喂养孩子。

鹈鹕体型巨大、长相呆萌,常常现身于动画片,赢得很多小朋友喜爱。《喜羊羊与灰太狼》《小鲤鱼历险记》《海底总动员》等动画片中,鹈鹕或为捕猎高手,或为运货员,靠着口袋式的大嘴到处展示实力。鹈鹕也频频出现于中国古代的很多文献中,《尔雅》形容它们"好群飞,沉水食鱼",《本草纲目》介绍它们"处处有之,水鸟也",《三国志》描述它们"夏五月,有鹈鹕鸟集灵芝池"。这些文献说明,在古代,鹈鹕是一种常见鸟。

另外,鹈鹕还是许多民间传说的描写对象,人们认为它具有团结协作、舍身忘我的精神，象征着牺牲和谦卑。协作捕食的能力以及喂养幼鸟的特殊方式，使鹈鹕成为团队凝聚力的化身，家庭和睦、社会团结的象征。在古代欧洲，人们认为鹈鹕母爱深沉，假如食物不足，它们会用嘴巴切开胸部，以自己的血液喂养幼崽。西方文化中，鹈鹕经常与"虔诚"联系在一起，其身影被雕饰于绘画、灯饰、黄金珠宝、石头浮雕、彩色玻璃窗等。

大嘴吞四方的鹈鹕，集笨拙与灵活于一身，深受世界各国人民的喜爱。美国、罗马尼亚、冈比亚、刚果等国家曾发行过以褐鹈鹕、白鹈鹕、澳大利亚鹈鹕、斑嘴鹈鹕、卷羽鹈鹕等为题材的邮票，深受集邮爱好者的喜爱。除了欣赏价值，鹈鹕还以其身体结构及取食方式带给人们很多启示。有人从鹈鹕的身体优势与取食之道中汲取灵感，设计出智能化的产品。仿生鹈鹕水果采摘机器人就是基于仿生学家观察和研究鹈鹕的生活习性研制而成的，可以代替人工采摘。

鹈鹕是大自然的杰作之一，在世界野生动物谱系中形象鲜明，它们也是维护生态平衡的关键物种。由于受到生态环境与非法捕猎等多重因素的影响，鹈鹕的生存和繁殖环境遭到破坏，其种群数量也受到一定威胁。在我国，白鹈鹕、斑嘴鹈鹕与卷羽鹈鹕都是国家级重点保护野生动物。我们应该尽自己所能去保护鹈鹕这种珍贵的物种。

动物明星小档案

中文名：斑嘴鹈鹕

分类：鸟纲鹈形目鹈鹕科鹈鹕属

别名：淘鹅

国内分布：偶见于河北、山东（青岛）、广东、海南和广西等省市

特征：成鸟体长 1.34～1.56 米。从枕至后颈被浅褐色卷曲的发状羽，头、颈白色，羽基褐色；茅状胸羽和翅上小覆羽乳黄色；翅下覆羽和腋羽、下背、腰、胁和尾下覆羽呈葡萄红色；较长的肩羽、三级飞羽和次级飞羽银灰褐色；初级飞羽暗褐色；尾羽银灰色；余部体羽纯白色。虹膜淡红；嘴、喉囊粉红，上嘴侧缘具一排淡紫黑色点斑；爪黄色，脚白色，或具蓝色点斑。

冷知识

"大块头"的鹈鹕也会被"打劫"

大嘴吞四方的捕鱼高手鹈鹕，也要防备海上最出名的"小偷"——海鸥。海鸥也被称为"海岸海盗"，它们身形灵活，动作敏捷，但捕鱼能力有限，常常偷取其他鸟类的食物。擅长捕鱼的鹈鹕常常成为海鸥的重点打劫对象，尤其是体型最小的褐鹈鹕。海鸥先埋伏在鹈鹕周围，等待鹈鹕从水中出来时伺机偷袭，找准机会从鹈鹕的大嘴巴空隙里偷鱼。鹈鹕虽然体型大，但起飞较慢，而且它们捕猎时总会将水与鱼一起舀进嘴巴，其后再把水吐出，这就给别有用心的海鸥以可乘之机。它们辛苦打捞的满满一嘴鱼，有时候会被海鸥洗劫一空。

［宋］佚名·梅花小禽图（局部）

杜鹃

"腹黑"的寄生鸟

踏莎行

北宋·秦观

雾失楼台,月迷津渡。桃源望断无寻处。
可堪孤馆闭春寒,杜鹃声里斜阳暮。
驿寄梅花,鱼传尺素。砌成此恨无重数。
郴江幸自绕郴山,为谁流下潇湘去?

宋哲宗绍圣四年（1097），年过花甲的苏轼因政见与皇帝不同再度遭贬，由惠州（今广东省惠州市）被远谪海南儋州（今儋州市）。儋州是古代文人心目中物资匮乏、文化落后、自然条件恶劣，甚至有性命之忧的烟瘴蛮荒之地。苏轼门下、被称为"苏门四学士"之一的秦观也因党争遭贬，远徙郴（chēn）州（今湖南省郴州市）。写作此词前，他被先贬杭州通判，又贬监州酒税，而郴州则为第三站。此后，他又被诏移横州编管。

作为北宋婉约派词人的重要代表，秦观以独具善感之"词心"著称。《踏莎行·郴州旅舍》以委婉曲折的笔法，抒写了贬谪羁旅之苦，流露出对现实政治的不满。词人因满腹心事，月夜失眠，想到在现实中荆棘密布、仕途无望，理想中的仙境又无处可寻，不由愁肠百结。该词情景交融，为我们勾勒出寂寞凄凉的场景：

暮霭沉沉，楼台消失在一片浓雾中依稀难辨。月色朦胧，渡口也迷失其中不见踪影。望尽天涯，怎么也找不到理想中的桃花源。春寒料峭，"我"独自住在郴州客店，怎么受得了这清冷、孤寂？更何况，夕阳西下之时，杜鹃声声哀鸣着"不如归去"。夜晚又如何挨过呢？友人自远方传来音信，他们的关心与嘱咐更增添了"我"的离愁别恨。此情此景，情感郁积，内心的痛苦如潮水般涌来：郴江的江水本来应是绕着郴山奔流的，为什么偏偏又要无情地流到遥远的潇湘去呢？

清人张潮在《幽梦影》里写道："物之能感化者，在天莫若月，在乐莫若琴，在动物莫若鹃，在植物莫若柳。"现身词中的杜鹃，

传达着作者的贬谪羁旅之苦。

杜鹃是宋词中出现次数较多的一种鸟类。除了秦观，苏轼、辛弃疾、贺铸、周邦彦等知名词人也多次写到杜鹃，杜鹃意象在《全宋词》中出现多达260次。有人曾戏称，杜鹃是中国古代国民喜爱度最高的鸟。杜鹃的声名随着诗词歌赋流传千古，"布谷"之音随着民间故事口耳相传。让大家心心念念的杜鹃是一种什么样的鸟呢？

杜鹃是鹃形目杜鹃科鸟类的统称，包括6个亚科28个属，分布遍及世界各地，主要生活在温带和热带地区，别名杜宇、布谷、子规、望帝、蜀鸟、喀咕、勃姑、拨谷、谢豹等。

杜鹃是大家族，种类繁多，包括鹰鹃、四声杜鹃、八声杜鹃、棕腹杜鹃、中杜鹃、大杜鹃、噪鹃等。我国分布的杜鹃鸟主要为大杜鹃、四声杜鹃、中杜鹃、小杜鹃，尤以前两种居多。

杜鹃多栖息于植被稠密的地方，游动性较大。与一般鸟类成群结队飞行不同，它们常隐匿于浓密的树叶间，喜欢鸣叫但性格较为"内向"，乡人往往只闻其声不见其踪。多数杜鹃羽毛呈灰褐色或褐色，腹部有白色横纹，尾巴有白色斑点，翼短尾长，腿爪强健。有些热带杜鹃的背和翅呈现出强烈的彩虹光泽，特别有观赏性。普通杜鹃体长约16厘米，四声杜鹃体长约30厘米，大型地栖杜鹃体长可达90厘米。

杜鹃是捕虫能手，多在田野觅食。它们主要以昆虫为食，尤其喜食鳞翅目幼虫，如松毛虫、树粉蝶幼虫等，也吃蝗虫、步行虫等害虫，有时还吃植物种子。杜鹃食量较大，据统计，每只杜鹃一天可捕食害虫300余只。

杜鹃常被看作报春鸟、报时鸟、催醒鸟、催耕鸟、催收鸟，以及谷雨之时的吉祥鸟。自谷雨起，杜鹃便持续鸣叫一两个月，一直到夏初，此后便宅于林中做"隐士"。到了秋收时节，杜鹃又开始新一轮的鸣叫。杜鹃的歌唱声总是伴着农时，给人们春耕秋收的提示。随着杜鹃鸟一声声急促地鸣唱，一桩桩、一件件农事接踵而至。于是，它们在人们心中便常常象征着生机勃勃与万物复苏，也寓意着收获与孕育着希望。

杜鹃鸟之所以被视为催耕鸟、催收鸟，这与它们的鸣叫声音有很大关系。大杜鹃的叫声是两个音节，听起来类似于"布谷—布谷"。鹰鹃的叫声是三个音节，听起来类似于"布谷谷"。四声杜鹃是我国分布范围最广的杜鹃之一，它们的叫声是抑扬顿挫的四个音节"咕咕咕咕"。民间根据现实生活对四声杜鹃的叫声作了有趣的解读，称之为"快快播谷—快快播谷""布谷布谷，收麦种谷"或者"阿公阿婆，割麦插禾"。相关诗句如"田家望望惜雨干，布谷处处催春种"（杜甫《洗兵马》），"春雨园林布谷声，声声不住劝春耕"（李东阳《布谷》）写的就是此意。布谷催耕的故事不但被文人骚客反复吟咏，也常常是绘画作品、装饰作品的重要素材。清代被视为耕织宝典的《康熙耕织图》，其中便有"布谷催耕"的画面。后来，《康熙耕织图》被完整地雕刻出来，生动而立体地再现了古代社会的劳作场景。

不同种类的杜鹃，叫声也不一样。其中，堪称"显眼包"

杜鹃
"腹黑"的寄生鸟

大杜鹃　*Cuculus canorus*

的噪鹃是有名的大嗓门，它们叫起来非常喧闹，常常因不分昼夜地鸣叫被人们"投诉"。也有的杜鹃叫声凄切哀怨，声声如泣如诉，被文人们赋予了更丰富的内涵。八声杜鹃鸣声尖锐、凄厉，尤其喜欢在阴雨天鸣叫，被称为哀鹃、雨鹃。

　　杜鹃鸟在古诗词中多被唤作子规，其叫声也被"伤心人"听成"不如归去""思归"。古代文人常将杜鹃鸟的哀鸣与悲苦之事联系在一起，借以表达哀怨、凄凉或思归的情思。比如李白的《宣城》一诗："蜀国曾闻子规鸟，宣城还见杜鹃花。一叫一回肠一断，三春三月忆三巴。"这首诗通过花鸟同名书写浓郁的乡思。柳永的"听杜宇声声，劝人不如归去"书写羁旅怀乡的心绪郁结；晏几道的"百花深处杜鹃啼……声声只道不如归"写漂泊天涯的游子的无限怅惘；李重元的《忆王孙·春词》"柳外楼高空断魂。杜宇声声不忍闻"书写春色恼人，动人愁思。

　　杜鹃之所以成为凄凉、哀伤的象征，与流传于民间的传说也有密切关系。

　　它是传说中的帝王鸟。相传，杜鹃鸟是古代蜀国国主杜宇（即望帝）的化身。望帝是一位体恤国民的好君主，在他的精心治理下，国泰民安，各项事务井井有条。不幸的是，在他百余岁时，一群龙蛇鬼怪忽然兴风作浪，施法使蜀国洪水肆虐。在望帝一筹莫展之时，一口古井中的大鳖修炼成精，自荐治理水灾。望帝封鳖灵为相，鳖灵也不负众望。他凿巫山，开三峡，成功将龙蛇鬼怪赶走，疏通淤堵的河道，人民才得以免受洪水侵扰。其后，望帝让位于功高的鳖灵，自己隐居山林。大鳖继位后，渐渐地迷失了自己，变成一位暴君。隐居在西山的望帝听说后忧心如焚，苦心劝告不成后，灵魂化为杜鹃，夜夜啼血悲鸣。

蜀人为了怀念望帝杜宇，称呼杜鹃鸟为杜宇或望帝，"望帝化鹃"的传说也就流传开来了。在《锦瑟》一诗中，晚唐诗人李商隐就是巧妙地化用了上述典故，以"庄生晓梦迷蝴蝶，望帝春心托杜鹃"将自己的悲苦哀怨写得淋漓尽致。"杜鹃啼血"的传说在民间也广为流行。杜鹃习惯晨鸣暮吟，有时甚至昼夜不止，其声哀切。四声杜鹃的口腔上皮和舌头都是红色的，古人就误以为它们是因长时间的悲啼导致满口流血。"杜鹃啼血"被广泛流传，并逐渐成为一种悲情的代名词。后来，人们又将"望帝化鹃"的传说与"杜鹃啼血"融合起来，视杜鹃为"怨鸟""悲鸟"。

中国诗人多有多愁善感的性格，再加上杜鹃自身的生物特征及种种神话传说与附会，文人骚客看到杜鹃，便想到悲情，便常用这种鸟抒发伤春惜春之情、离别思乡之愁以及失家亡国之痛。有研究者做过统计，靖康之难后，杜鹃意象在诗词中出现了230多次。杜鹃意象在南宋时期如此频繁地出现与国破家亡的时事密切相关，它们也逐渐成为悲情词中的一种特殊符号。

杜鹃虽是益鸟，在捕捉害虫方面对农业大有裨益，但它有时候会耍小聪明，也被称为"腹黑"的"职业骗子"。它们种群中的大多数是"偷懒"的"巢寄生"者，有着鸠占鹊巢的繁殖习性。多数杜鹃终生不筑巢也不孵卵育雏，它们通常将鸟蛋寄生于雀形目鸟类（如短翅树莺、大苇莺、灰脚柳莺、缝叶莺、冠纹柳莺、灰喜鹊、伯劳）的巢中，让这些鸟类代替它们孵化和养育后代。

为了为其子嗣物色合适的"养父母"，它们一般会提前"踩点"，暗中密谋，早早站在高高的树上观察其他鸟类的巢穴。锁定目标后，它们选择与寄主大概一致的产蛋时间，用来瞒天过海。

在繁殖期，它们常常会模仿其他鸟类的宿敌的叫声，将寄主吓走，以使自己有充足的时间、空间产蛋。为了不让寄主发现，杜鹃鸟还进化出了极强的模拟能力，使它们的蛋与寄主的蛋在形状、颜色、斑点等方面相似，两种不同鸟类的蛋放在一起，很难辨认出哪一个是杜鹃蛋。为了在数量方面不被察觉，它们还会根据情况移走其他鸟蛋，一方面，为了掩护自己的蛋；另一方面，腾出巢穴空间让自己的后代住得舒服。

杜鹃鸟的蛋通常比宿主鸟的蛋略大，其幼鸟常常比其他的鸟类的幼鸟更早被孵化出来。为抢占食物和空间，刚孵化出来的杜鹃雏鸟甚至会本能地将其他雏鸟推出巢外。

此外，杜鹃鸟还懂得"不把鸡蛋放在一个篮子里"的道理，在一个繁殖期，它们甚至可以将卵产在多达20个不同寄主的巢中。杜鹃鸟的巢寄生行为，在人类看来是典型的欺骗与偷懒，对宿主鸟相当不公平。

所以，在传统文化中，杜鹃鸟也有负面的形象，例如背叛、欺骗与不忠。当然，并非所有的杜鹃都有巢寄生行为。在我国有记录的20种杜鹃中，地鹃和鸦鹃等3种鸟选择自己筑巢，自己抚育后代。

动物明星小档案

学名：大杜鹃

分类：鸟纲鹃形目杜鹃科杜鹃属

别名：望帝、杜宇、布谷、子规等

国内分布：广泛分布

特征：成鸟体长约32厘米。上体灰色，尾偏黑色，腹部近白而具黑色横斑。"棕红色"变异型雌鸟为棕色，背部具黑色横斑。与四声杜鹃区别在于虹膜黄色，尾上无次端斑，与雌中杜鹃区别在腰无横斑。幼鸟枕部有白色块斑。

冷知识

你被动物骗过吗？

查尔斯·罗伯特·达尔文曾说："欺骗是动物具有的众多能力中的一种，它能使某些动物得以生存，在物竞天择、优胜劣汰的自然生存法则下，生存竞争的天平总是会向那些技高一筹的模仿者和虚张声势者倾斜。"

动物的欺骗行为最终的目的都是为了生存和繁衍。这种欺骗行为主要有伪装和模仿：

伪装术：通过改变身体颜色，融入环境，确保安全。比如"变色龙"蜥蜴。

模仿术：让自己看起来像某一种生物或非生物，以此迷惑敌人。杜鹃鸟就是典型的会使用模仿术的动物，杜鹃鸟的蛋的颜色可以和其他鸟的巢中的蛋一模一样，用来迷惑其他鸟，替自己孵化后代。

〔宋〕王诜·东坡赤壁图(局部)

鹰

拥有「千里眼」的空中霸主

江城子

北宋·苏轼

老夫聊发少年狂,左牵黄,右擎苍,
锦帽貂裘,千骑卷平冈。
为报倾城随太守,亲射虎,看孙郎。

酒酣胸胆尚开张。鬓微霜,又何妨!
持节云中,何日遣冯唐?
会挽雕弓如满月,西北望,射天狼。

苏轼被誉为宋词豪放派的代表人物,其豪放词作以视野开阔、恢宏雄放、清新高远著称。《江城子·密州出猎》是他在宋神宗熙宁八年(1075)创作的一首词,既描写了纵马奔腾、弓矢交加的景象,表达了强国抗敌的政治主张,也抒发了报效朝廷、以身许国的慷慨意气与壮志豪情。

苏轼生活的时代,战事频仍,外患不断。宋真宗景德二年(1005),北宋与辽在经过20多年的战争后缔结"澶渊之盟",代价为宋每年送给辽白银10万两、绢20万匹。1040年至1042年,北宋与西夏接连发生战争,百姓苦不堪言。双方在宋仁宗庆历四年(1044)达成"庆历和议",条件为宋朝封元昊为大夏王,每年合计送给夏国白银7万两,绢15万匹,茶3万斤。屡战屡败的局面带给民众极大的挫败感与屈辱感。

1067年,北宋第六位皇帝宋神宗赵顼(xū)继位。他立志改变北宋在西部地区的被动挨打局面,解除长期以来受困于辽与西夏的军事压力,号召修筑古渭城,组建通远军,招抚吐蕃诸部,采取了一系列措施以图富国强兵,使北宋取得了较大的军事胜利。1073年,熙河开边战役中,北宋大军先后收复六州,扩地2000里,使北宋赢得少有的扬眉吐气的高光时刻。熙河大捷消息传来,举国欢庆,极大地振奋了军心、民心。这一胜利也激发了苏轼的创作豪情,推动他写下诸多豪放词作。

《江城子·密州出猎》就是在此背景下创作的,是苏轼由杭州通判调任密州太守,途经徐州时所作。整首词气势磅礴,充

分体现了苏轼豪放词"豪壮"的特色，读来令人热血沸腾。在此，苏轼以第一人称为读者铺展出一幅壮丽的画卷：

"我"姑且抒发一下少年人的豪情壮志，左手牵着黄犬，右臂托起苍鹰。头戴华美的帽子，身穿貂皮做的衣服，率领随从千骑疾风般席卷平坦的山冈。千骑奔驰，腾空越野，气势如虹。为报答全城的百姓都来追随"我"的盛情，"我"一定要亲自射杀猛虎，就像三国孙权那样乘马射虎。

喝酒喝到特别畅快之时，"我"的胸怀更加开阔，胆气更为豪壮。即使双鬓微白，又有什么关系呢？什么时候皇帝会派人带着符节前来，就像汉文帝派遣冯唐去赦免魏尚的罪那样，使人臣得到重用？那时我定当尽力把雕弓拉得像满月形状，瞄准西北，射向侵略者的军队。

词的上片写围猎时的装束、盛况，下片叙述猎后的开怀畅饮，并以西汉时抵御匈奴的云中太守魏尚自比，希望能够负起卫国戍边、大破敌军的重任。全词气象恢宏，充满阳刚之美。

意象是诗词的灵魂，可以帮助我们深入理解作品的内涵与词作者的深层寄托。鹰（即词中的"苍"）在词中闪亮登场，洋溢着英风豪气，具有特别的风姿神采，成为词人胸襟怀抱、志向情感的写照以及精神人格的象征。借助鹰这扇别致的窗口，我们可以窥见社会与文化的诸多风景。

鹰是鹰科鹰属的鸟类，属于猛禽类动物。其羽毛颜色通常为棕色或灰色，有的也掺杂白色、黑色等。鹰的种类很多，共有

宋词奇物说

苍鹰　*Accipiter gentilis*

90多种。彼此之间在体型、外观、生活习性方面有一定的差别。

大型鹰如苍鹰，全世界有9亚种，我国记录4亚种，成年苍鹰体长50~60厘米，翅膀展开1.3米左右。苍鹰雌鸟体型大于雄鸟，成鸟眼睛为红色，上体青灰，下体白色，上面布满粉褐色的横纹，白色眉纹与深色贯眼纹对比鲜明。小型猛禽雀鹰，体长只有30~41厘米。让人叹为观止的阿根廷巨鹰，翼展长达7米，体重可达70千克。

鹰拥有不同寻常的"三大利器"，具有捕猎的天然优势：鹰眼、鹰爪和鹰嘴。其喙和爪子都是弯钩形，锋利无比。鹰能捕捉小鸟、鼠类、野兔、蛇类和昆虫，也吃家禽和腐尸。它们不但喙大，而且胃肠发达，消化能力也特别强，吃下去的动物，不一会儿就被消化了。鹰一旦发现猎物便会迅速出击，可谓"迅如疾风，势如闪电"。鹰类中的鱼鹰喜欢在江河上空盘旋。它们一旦发现游鱼，能够利箭似的直插水面。

鹰是大名鼎鼎的"千里眼"，它们拥有特殊的眼睛结构，性情机警，视力敏锐，即使翱翔于高空，也能发现很远的距离外的猎物。李白的"孤飞一片雪，百里见秋毫"、王维的"草枯鹰眼疾，雪尽马蹄轻"都是描写鹰翱翔天际、目光炯炯的名句。据统计，一些种类的鹰的视力可以达到人类视力水平的8倍。以"鹰"为谜底的谜语也常以其骄人的视力为亮点，如"弯弯嘴儿亮眼睛，捕捉野兔它最行；千里眼儿看得清，一口吞下便清零"。

鹰的种类很多，分布比较广，除了南极洲以外，几乎遍布世界的各大洲。而且，无论是沙漠还是沼泽地，无论是高山还是海滨，都能看到它们的身影。在我国最常见的鹰有苍鹰、岩鹰、松雀鹰三种。鹰并不喜欢热闹，它们习惯生活在开阔的草原、莽莽的森林、陡峻的峡谷、峻峭的悬崖等人迹罕至之处，营巢于高树或悬崖峭壁之上，几乎生活在远离人类活动轨迹之外的地方。因为这个特点，鹰有时候也被文人用来形容矫矫不群、耿介孤傲之人。

在漫长的历史长河中，人们在鹰身上注入了丰富的文化内涵与吉祥寓意，形成了我国独具特色的猎鹰文化。古时，曾有猎人将鹰作为狩猎伙伴，通过驯养鹰辅助捕猎兔子、狐狸等猎物，正如苏轼词中描述的"右擎苍"。其他如唐代诗人寒山的"联翩骑白马，喝兔放苍鹰"、唐代诗人李白的"箭逐云鸿落，鹰随月兔飞"描述的也是如此场景。

鹰双腿肌肉紧实，双翼羽毛粗硬，翅膀大而有力。它们体格强壮，身形健美，行动矫捷，可以在高空中翱翔和盘旋，不但飞行速度快而且动作迅猛，被称为"空中霸主""鸟中霸王"。

鹰是古诗词中的"常客"。尤其在朝气蓬勃的盛唐时代，它们寄寓着诗人振翅高飞、奔腾致远的雄心壮志以及积极用世、驱邪除恶的愿望。以杜甫为例，他喜欢在诗歌中借鹰抒怀，描写了各种各样的鹰：苍鹰、豪鹰、秋鹰、黑鹰、角鹰等。

它们的强健、善飞，常被人们用来形容博大的胸怀、超人的胆识、无畏的气概，也常被人们用来描写刚劲、自由、理想和

抱负。毛泽东同志就十分喜欢在诗词中提到"鹰",比如《沁园春·长沙》中的"鹰击长空,鱼翔浅底,万类霜天竞自由",《七古·咏志》中的"革命岂能作井蛙,雄鹰踪迹海天涯"。

鹰文化,是一种强者文化,代表着坚韧不拔的奋斗精神与无所畏惧的超越精神。鹰身上具有其他鸟类难以媲美的豪纵健猛、所向无敌的气质,它展翅高飞,搏击风雨,寄托着人们超越自身局限、探索未知世界的愿望。

原始社会,人们狩猎它,也崇拜它的力量与自由。于是,有了鹰的图腾崇拜。它曾是战神的象征。鹰崇拜广泛存在于不同的民族中,尤其是草原游牧民族,渴望像鹰一样聪明勇猛、胆力过人。

草原上的蒙古族,将最剽悍的骑手称为"草原雄鹰";匈奴首领通常会佩戴由鹰的羽毛制成的饰品,以显示地位高、力量强。作为飞得最快、最高的猛禽,鹰连接天空与大地,堪称人神之间的使者。在人们看来,它们不仅是勇气与速度的象征,还代表着神秘的超自然力量,能够带领大家超越自身的局限。突厥不但以鹰的形象勾画神话中的英雄,还常常在旗帜上绘有鹰的图案,以象征威严与神秘的超自然力量。

直到今天,生活在北方草原上的游牧民族仍视鹰为神物。在满族的一些传说里,鹰甚至可以浴血破茧、以一百五十天的炼狱换取重生之路:它们在四十岁之际,悲壮而英勇地向自己"动手"了——在第一个五十天里,它们持续以长喙撞击岩石,忍着剧痛换取新喙出现;在第二个五十天里,它们一点点啄尽老茧,让双爪重新恢复灵活锋利；在第三个五十天里，它们拔去旧的羽毛，迎来年轻、灵敏的新生。

　　世界上崇拜鹰的民族很多，有的国家甚至以"鹰"作为国家或军队的标志，在其国旗或国徽图案中附有鹰的图案。埃及的国徽图案为一只展开双翼的萨拉丁雄鹰，俄罗斯、阿尔巴尼亚、塞尔维亚等国的国徽上有双头鹰，波兰国徽上有白色雄鹰，墨西哥的国旗与国徽中有一只停留在仙人掌上的食蛇鹰……

　　现代社会，鹰文化依然备受推崇。在体育界，许多运动员以鹰作为其队徽或吉祥物，寓意勇往直前、追求卓越。在航空界，许多航空公司以"鹰"作为航空器最好的表征物之一，寓意展翅高飞、翱翔无阻。在商界，许多企业注重建构鹰文化价值体系，追求高瞻远瞩、出奇制胜、勇敢搏击。

　　鹰是顶级猛禽之一，在自然界具有强大的生存能力与适应能力。但它们也面临着环境污染、非法捕猎、气候变化、栖息地受损等多方面的威胁，许多鹰种的数量断崖式下降。根据《国家二级重点保护野生动物名录》，鹰类、隼科（所有种）属于国家二级以上保护动物。《中华人民共和国野生动物保护法》第二十一条明确规定：禁止猎捕、杀害国家重点保护野生动物。鹰在生态系统中扮演着重要的角色。目前，一些动物保护组织正在进行关于鹰的繁殖与保护计划。让这些珍贵的动物继续在地球上生存和繁衍，实现生态环境的可持续发展，也是爱我们自己的家园，爱我们自己。

动物明星小档案

中文名: 苍鹰

分类: 鸟纲鹰形目鹰科鹰属

别名: 老鹰

国内分布: 广泛分布

特征: 成鸟体长约56厘米。无冠羽或喉中线，具白色的宽眉纹。成鸟下体白色上具粉褐色横斑，上体青灰。幼鸟上体褐色浓重，羽缘色浅成鳞状纹，下体具偏黑色粗纵纹。

冷知识

鸟类的特异功能——半睡半醒

科学家发现鸟类有一种令人羡慕的特异功能，叫"脑单半球慢波睡眠"（USWS），拥有这种能力的鸟儿，在睡觉时可以睁一只眼闭一只眼，让大脑的左右半球换着睡觉。这样，鸟类在睡眠时也能敏锐地察觉到天敌是否已逼近身旁。最神奇的是，鸟类还会根据环境是否安全，决定是让两个脑半球都进入睡眠状态，还是只让一个脑半球去睡觉。作为空中的顶级掠食者，鹰就是这样睡觉的，这种功能，也让鹰可以在空中一边飞一边睡觉。

有研究者认为，一些人类的梦游行为和鸟类的这种睡眠模式很接近。所以，研究鸟类的睡眠模式，对人类某些特异生理现象的研究有重要意义。

[宋]赵佶·五色鹦鹉图(局部)

鹦鹉

动物界的「语言大师」

甘草子　　北宋·柳永

秋暮。乱洒衰荷,颗颗真珠雨。
雨过月华生,冷彻鸳鸯浦。
池上凭阑愁无侣。奈此个、单栖情绪。
却傍金笼共鹦鹉。念粉郎言语。

"凡有井水处，皆能歌柳词"，北宋婉约词代表人物柳永将笔端伸向人间烟火深处，写出了许多贴近现实生活、描摹真切情感的优秀作品。其作品细腻、情深，具有鲜明的个性特征与生活气息，特别能引起读者的共情，故盛行于市井巷陌，传唱度特别高。《甘草子·秋暮》是柳永创作的一首闺情词，擅长铺叙，情景交融，为我们勾勒出一个女子秋暮时分在池边观雨的场景：

秋天的一个傍晚，清凉萧瑟的秋雨凌乱地拍打着池中残败的荷花，颗颗雨珠好像珍珠一般晶莹。一场秋雨过后，明月升空，整个鸳鸯浦一片清冷空寂。女子独自倚阑凝望，为自己的形单影只而暗自伤怀。此时此刻，孤眠冷清煎熬着她的心。如何才能排遣这兀自蔓延的孤冷凄清的愁绪呢？她站在鸟笼旁逗弄鹦鹉，向它倾诉着对郎君的无限思念。

《甘草子·秋暮》一词生动地描摹了一场秋雨、一只鹦鹉与一份深深的痴念。上片营造出一副清冷孤寂的场景：女主人公在秋天的某个傍晚独凭栏，看乱雨打残荷。"乱洒衰荷"中的"乱"与"冷彻鸳鸯浦"中的"冷"既是写自然也是写心情——雨乱心亦乱，天冷心亦冷。下片突出"愁"与"单"。被思念裹挟的女子逗弄着鹦鹉，教它说着想念情郎的话，借此打发寂寥时光。此处不直接写女主人公如何念念不忘其"粉郎"及其缠绵情话，而是借鹦鹉学"念"来表现女子的思念，婉转含蓄又感人至深。

在这首词中，聪明懂人语的鹦鹉，将女主人公的思念话语念了出来，展示了自身的一个神奇技能——学人说话。那么，鹦鹉是一种怎样的动物呢？它为什么会有这种惊人的语言天赋呢？

根据鸟的形态特征与生活习性，人们通常将鸟类分为游禽、涉禽、陆禽、鸣禽、攀禽、猛禽等。鹦鹉属于鸟纲鹦形目攀禽，别名鹦哥。《山海经·西山经》写鹦鹉"其状如鸮，青羽赤喙，人舌能言，名曰鹦䳇"。此后，《礼记》《淮南子》《汉书》等对鹦鹉形象均有记载。

鹦鹉拥有对趾型足，两趾向前，两趾向后，彼此分工合作，特别适合抓握。鸟喙强劲有力，所以它们能够用坚硬的喙撬开坚果的壳，它们不仅喜欢吃坚果，还喜欢吃浆果、花蜜等。此外，强大的钩状喙嘴与灵活的对趾型足是鹦鹉于林中取食的两大利器。鹦鹉喜欢在树冠中寻找食物，它们首先用嘴咬住树枝，然后双脚跟上，当行走在坚固的树干上时，为了保持身体平衡，就把坚韧的喙尖插入树干中，加快运动速度。

鹦鹉多栖息在林中树枝上，有的也会以树洞为巢。

鹦鹉家族庞大，有 2 科 82 属 358 种，不同种类形态各异。较知名的有紫蓝金刚鹦鹉（色彩漂亮艳丽，是鹦鹉中体型最大的一种）、蓝冠短尾鹦鹉（体型最小）、亚马逊鹦鹉（善学人语）、葵花凤头鹦鹉（头顶有黄色冠羽且全身洁白）、牡丹鹦鹉（娇小玲珑,被称为爱情鸟)、虎皮鹦鹉(毛色与条纹近似虎皮)、玄凤鹦鹉(又名高冠鹦鹉、鸡尾鹦鹉,头部及顶冠为黄色)、吸蜜鹦鹉(羽色鲜艳)、绯胸鹦鹉(喉与胸呈砖红色或橙红色,声音粗粝响亮)、花头鹦鹉(头部为粉红色,颈部变蓝紫色)、绿颊锥尾鹦鹉(主体为绿色,喜爱洗澡)等。

作为观赏性鸟类中的佼佼者,拥有"采采丽容,咬咬(jiāo)好音"的鹦鹉可谓天生尤物。它们以毛色靓丽著称,其羽毛或洁白如雪,或黑白相间,或颜色渐变,或五彩斑斓,且斑纹千姿百态、搭配自然和谐,为大自然增添了不少生机与诗情画意,也给予了文人、民间艺术工作者丰富的灵感及创作空间。

鹦鹉不同品种之间不但体型差异较大,寿命也长短不一。比如最大的紫蓝金刚鹦鹉身长可达 100 厘米,较小的蓝冠短尾鹦鹉身长仅有十几厘米。短尾鹦鹉在我国不常见,资料比较少,据《中国动物志·鸟纲》第六卷记载:"据 Forshaw(1973),此鸟出没于平原或低山地带的林木茂盛地方及耕地的植物丛中,尤其是多花的树木,一般小群、开花时集较大群活动。它们在花枝上常垂直倒悬自身啄取花朵,故又有倒悬鹦鹉之名。在树冠周围觅食时甚灵捷,且在上飞某树枝时呈螺旋式绕该树枝而上。有时突然全群离树顶上的空中周围打转并大声鸣叫,一会儿又全被摔回树上,又继续啄食,变得十分温驯,平时飞行快速而颠簸;以

鹦鹉
动物界的"语言大师"

短尾鹦鹉　*Loriculus vernalis*

047

软质的榕果等果类、花蜜、竹及麻栗种子等为食，也会到果园啄食番石榴、枇杷等果类，造成一定损害；其叫声在飞行时发反复的'chee-chee-chee'尖叫声或'tsit-tsit'的颤声，吃食时偶尔发出柔和的似窃笑之声；自1月至4月在树洞堆以绿叶及树皮小片等为巢繁殖，每产2~4枚卵。雄鸟不参加（即使有亦甚少）营巢、育雏等工作。"

以寿命看，一些中大型鹦鹉寿命为30~60岁或更长，而小型鹦鹉的寿命则为7~20岁。在英国利物浦有一只亚马逊鹦鹉享年104岁，堪称鸟类中的"老寿星"。一些小型鹦鹉虽身长比较"迷你"，生存能力却不容小觑。比如有"悬挂的鹦鹉"之称的蓝冠短尾鹦鹉常倒挂在枝条上栖息，其短短的尾羽竟然可以携带巢材，就是把筑巢用的树枝等材料插在尾羽中，飞来飞去也不会掉，同类的牡丹鹦鹉也是这样携带筑巢材料的。

鹦鹉最为人称道的除了靓丽的外表，还有超凡的绝技——对人类语言的模仿能力。鹦鹉并不是故意要学人类说话，炫耀自己的超群"口技"。对声音的模仿，只是鹦鹉的一种生理性的条件反射，是一种机械模仿而已。这种仿效行为被科学家称为效鸣。鹦鹉学人类说话，但是并不懂人类语言中的意思。鹦鹉没有发达的大脑皮层，它们善学人言与其特别的口腔结构相关。

鹦鹉口腔较大，舌根发达，舌头细长、柔软、灵活，这为它们能够清晰发音提供了充分的物质基础。同时，鹦鹉的发声器——鸣管又占据"地利"：位于气管与支气管交叉的地方，且外面长着发达的鸣肌，这样便于调节气流压力和大小。此外，鹦鹉的模仿能力也离不开其听觉与记忆能力。

古人很早就发现了鹦鹉的这一种语言"天赋"，从而发明了成语——"鹦鹉学舌"。

在中国古代中原地区，鹦鹉很少见，异域之国有时会将它作为贡品进献王侯，特别是毛色靓丽、声音悦耳的白鹦鹉、五色鹦鹉。东汉名士祢衡曾在他的《鹦鹉赋》中称鹦鹉为"西域之灵鸟"。《汉书》《晋书》《旧唐书》《宋书》等也有诸多记载。《太平御览》曾记载有杨贵妃所豢养的"雪衣娘"（白鹦鹉）的故事。宋代嘉祐四年（1059），欧阳修和刘敞也曾得到注辇国进贡的白鹦鹉。如今，我国本土鹦鹉的代表绿鹦鹉、红鹦鹉主要产于西北甘肃一带以及广东与云南等地，四川盛产绯胸鹦鹉。

古时相传陇山（六盘山南段别称，延伸于陕西、甘肃边境）以西为鹦鹉产地，文人诗词经常写到来自陇地的鹦鹉被捕捉并转运到中原的故事。所以，鹦鹉又称"陇客"。明代李时珍在《本草纲目·禽三·鹦䳇》一条记载："〔释名〕引熊太古曰：'师旷谓之乾皋，李昉呼为陇客。'"说明了鹦鹉的两个别称：乾皋和陇客。宋代梅尧臣有《和刘原甫白鹦鹉》一诗，诗中说："能言异国鸟,来与舶帆飘。尝过西王母,曾殊北海鳎。雪衣应不妒,陇客幸相饶。因忆祢处士,旧洲兰蕙凋。"一只会说话的异国鸟,乘船来到了诗人所在的地方。这只会说话的异国鸟,就是从陇西来的白鹦鹉。

聪慧巧言的鹦鹉被当作礼物送给王侯将相、文人墨客,也常被富家买来囚于笼中陪伴深闺女眷。

因为羽毛鲜艳美丽,叫声清脆婉转,一些品种的鹦鹉还会学人说话,这些生存习性给鹦鹉招来了不幸的命运。它们被作为观赏性动物,看似被人类宠爱,不愁吃,不受风吹雨淋,但也因此失去了自由。它们被迫远离丛林、被关在金笼中,这种命运引起了文人们的共鸣,他们看到笼中的鹦鹉,便引起自己远离家乡的惆怅、失去自由的羁绊之情,联想到自己怀才不遇的遭际、巧言遭忌之宿命,生发出才高累身之感喟、独处深闺之寂寞。所以,历代文人骚客咏鹦鹉的诗词很多,比如唐代白居易的"谁能拆笼破,从放快飞鸣"(《鹦鹉》),唐代韦庄的"惆怅玉笼鹦鹉,单栖无伴侣"(《归国遥·其一》),唐代来鹏的"年年锁在金笼里,何似陇山闲处飞"(《鹦鹉》),唐代王建的"东家小女不惜钱,买得鹦鹉独自怜"(《伤邻家鹦鹉词》),唐代韩偓的"闲阶上斜日,鹦鹉伴人愁"(《效崔国辅体四首·其二》),唐代朱庆馀的"含情欲说宫中事,鹦鹉前头不敢言"(《宫词》),

宋代贺铸的"深藏华屋锁雕笼,此生乍可输鹦鹉"(《踏莎行·平阳兴》)……

除了诗词,鹦鹉也常常出现在古代小说里。比如《红楼梦》中,曹雪芹对宠物的具体描写比较少,却对潇湘馆廊下的鹦鹉不惜笔墨。它不但学人说话,还能模仿林黛玉念诗。第三十五回中:"那鹦哥便长叹一声,竟大似黛玉素日吁嗟音韵。接着念道:'侬今葬花人笑痴,他年葬侬知是谁?'黛玉、紫鹃听了,都笑起来。"这只善解人意的鹦鹉不但以巧妙的"学舌"带给黛玉些许生活情趣,还象征着黛玉寄人篱下的孤独、才高命舛的人生以及"宝黛"最终的结局。作者借鹦鹉留下很多暗示,可谓意味深长。

鹦鹉因奇姿鲜羽、灵巧能言,常被视为灵鸟俊禽,寓意吉祥福瑞。古代人也经常在祭祀器皿、日常生活物件上,用鹦鹉形象作为装饰,借此寄托美好的愿望。已出土的商代玉器中即有仿鹦鹉器型,如商代殷墟妇好墓中出土的21件鹦鹉形玉器。汉代的玉鹦鹉、白玉鹦鹉坠也造型逼真、活灵活现。其后,敦煌莫高窟第285窟壁画中也曾出现鹦鹉的图像。唐代,鹦鹉纹器物开始频频出现,如黄绿釉鹦鹉形提梁壶、鎏金鹦鹉纹龙柄银壶、扇形鹦鹉双雁纹银盒、鎏金鹦鹉纹提梁银罐、越窑青釉鹦鹉纹粉盒、鹦鹉纹铜镜等。2012年,在上海青浦区青龙镇遗址出土的唐代鹦鹉衔枝绶带纹铜镜,一对鹦鹉围绕镜钮呈喜相逢形式排列,它们置身于枝叶间，口衔花叶，爪攫绶带，长尾飘曳，惟妙惟肖。除此之外，鹦鹉纹装饰还在壁画、丝绸、瓷器、漆器、木器等方面都有使用。明清时期，鹦鹉纹在瓷器方面得到更多应用，色彩雅致，活灵活现。在清代，粉彩鹦鹉纹盘、珐琅彩鹦鹉石榴纹天球瓶整体配色鲜艳明亮、光彩莹润。其中的鹦鹉造型逼真写实、栩栩如生。以鹦鹉为主角的绘画亦是文人所好。宋徽宗赵佶所画的《五色鹦鹉图》将鹦鹉看作祥瑞之物，按照中国传统五色"青、赤、黄、白、黑"对其进行着色。

鹦鹉不但形态美丽，还善于学习，经专业训练后可表演许多精彩的节目，如翻跟斗、衔小旗、说人语、骑自行车……所以，作为"表演艺术家"的它们成为各种马戏团、公园和动物园的"流量担当"，带给人们不少欢乐。

鹦鹉与人类的文明发展息息相关，它们是自然界的动物，也关联着时代的艺术、民族的文化、生态的优劣。随着工业化程度的发展，这些身披彩翠、聪明伶俐的鸟儿也同样面临生存环境的挑战，一些种类锐减，一些种类接近灭绝。大家都有责任保护它们。

动物明星小档案

中文名: 短尾鹦鹉

分类: 鸟纲鹦形目鹦鹉科短尾鹦鹉属

别名: 鹦哥

分布: 分布于云南西南部

特征: 雄性成鸟体长约13厘米。整体大致绿色，下体显著较淡，头部较辉亮；喉部有一块蓝色块斑；腰和尾上覆羽红色；翅底面蓝绿色；尾羽上绿下蓝。雌性成鸟整体略较苍暗，喉部蓝斑不显或缺如。

冷知识

灭绝的鹦鹉——卡卡鹦鹉

卡卡鹦鹉是鹦形目鹦鹉科啄羊鹦鹉属的一种鹦鹉。它是啄羊鹦鹉的表亲，别名白顶啄羊鹦鹉，也是鹦鹉家族中的成员之一。它们的外表和啄羊鹦鹉非常相似，有着弯曲的鸟喙和暗淡的羽色，脚短，有四趾，两趾向前，两趾向后，呈对趾型，方便抓握和攀爬。它们是新西兰的特有物种。卡卡鹦鹉最特别的是，继承了"家族遗传"，能够跳到羊背上，用锋利的喙拼命啄羊，掏食羊的脂肪和肉。

因为体形硕大，动作笨拙，天性善良，对人类戒心不强，它们一直以来都是新西兰土著毛利人的主要食物来源。随着人类对自然环境的破坏及大肆捕杀，卡卡鹦鹉在1851年灭绝。

[宋]佚名·百鸟朝凤图（局部）

鹤为什么被称为『仙禽』?

满江红

南宋·刘克庄

落日登楼,谁管领、倦游狂客?
待唤起、沧浪渔父,隔江吹笛。
看水看山身尚健,忧晴忧雨头先白。
对暮云、不见美人来,遥天碧。

山中鹤,应相忆。沙上鹭,浑相识。
想石田茅屋,草深三尺。
空有鬓如潘骑省,断无面见陶彭泽。
便倒倾、海水浣衣尘,难湔涤。

在科学小品文《鸟与文学》中，贾祖璋是这样描写鹤的："鹤之形态，清癯（qú）绣逸；鹤之色泽，雪白玉润；鹤之飞翔，翩翩云汉；鹤之栖息，徜徉林泽；鹤之饮食，节省淡泊；鹤之性情，柔静悠闲；颇似一个潇洒风尘、放浪形骸的人。"素以喙、颈、腿"三长"著称的鹤，自古以来深受人们的喜爱，并被赋予诸多美好的寓意、象征及特别的文化内涵。

作为宋代词人的"宠儿"，鹤在《全宋词》中"现身"近千次。无论是表达隐逸遁世的愿望，歌咏贤人君子修身志洁的追求，还是作为祝寿的吉语，书写羽化成仙的幻梦，它都自然而然地成为文人们传情达意的使者。形态美丽、清新灵妙的鹤，也与宋末文坛领袖、辛派词人重要代表刘克庄，碰撞出特别的情感火花，成就了值得一读再读的《满江红·落日登楼》。

边幕的幕僚与乡居的退士，是刘克庄的两个重要身份。其间的挣扎、摇摆，可以说复杂幽微。刘克庄敏感多思，用他细腻的文笔，表达了因仕途不得意而产生的强烈的归隐之感。词中的鹤，寄托了他对既往时光的怀念、对自由自在生活的向往和洗净尘垢的渴望。随着词人娓娓道来，那种进退之间的持守与期盼、惶惑与不安跃然纸上：

夕阳西下之时登高，谁能真切体会性情狂放的客居者登楼时的心情呢？此时此刻，他无比期待沧浪江上，渔父隔江吹起笛声，可以感受与自然相融的通透与惬意。"我"的身体健康尚能眺望水与山，但忧心积虑过重让"我"头发先白了。虽然可以欣赏夕阳下的云彩，却不见美人的身影，只看到天空遥远而湛蓝。

山中之鹤，应该会相互怀念。沙滩上的鹭鸟，彼此感到熟悉。而联想自己离家日久，田屋已经荒芜不堪了吧？可惜鬓发已白却归家无期，已无颜见到因不为五斗米折腰而选择归隐的陶潜，哪怕是倒尽海水也难以洗清身上的尘垢与心中的羞愧。

整首词通过自然景色的描绘与过往岁月的追忆，既表达了词人对自由生活的向往，也暗藏着欲仕而不得、欲隐而不甘的矛盾心情。上片写落日登楼、壮志难酬的复杂情绪，为下片抒发归隐情怀的无奈做足铺垫。词人将登临景、家国事、忧愤情完美融合，笔笔写山水，处处藏情怀，生动地传达出游走江湖、拥抱闲适生活的愿望。词中"潘骑省"用典晋代诗人潘岳，表达蹉跎岁月；"陶彭泽"用典当过彭泽县令的陶渊明，表达自己无法做到像陶渊明一样，安心归隐。典故的信手拈来使词作言简义丰，实现了曲笔达意、借古言怀的作用。词作中，山中的鹤和沙滩上的鹭鸟并非眼前真实看到的客观事物，而是作者表达情感的符号。

刘克庄善于写鹤，比如《沁园春·维扬作·辽鹤重来》中

宋词奇物说

丹顶鹤 *Grus japonensis*

的辽鹤、《贺新郎·再用约字》中的祥云仙鹤、《贺新郎·二鹤》中的仙禽……备受刘克庄青睐的鹤是一种什么鸟呢?

鹤,鹤形目鹤科鸟类的通称,又被称作"仙禽"。头小颈长,头顶颊部及眼睛为红色,它们的喙又长又直,全身的羽毛或者是白色,或者是灰色,细长的脚上像穿着青色的长筒袜。民间有谜语如此描述鹤的形态:"腿细长,脚瘦小,戴红帽,穿白袍。""白白仙禽颈部长,仰天高歌音洪亮。"

鹤常生活在河边或沼泽地、浅滩、芦苇塘等湿地,捕食鱼、虾、水生昆虫等,也吃植物的根、茎、种子、嫩芽等。姿态优美、身体修长的它深受人们喜爱,也常常引发大家美好的想象:"红冠黑嘴白衣裳,双腿细瘦走路晃,漫步水中捕鱼虾,凌空展翅能飞翔。"

中国境内的鹤属于迁徙鸟类,除黑颈鹤和赤颈鹤生活在青藏高原、云贵高原外,大部分的鹤多生活于北方,它们每年十月下旬迁至长江流域一带越冬,第二年四月春回大地之时再飞回北方。这种在繁殖地和越冬地之间往返迁徙的候鸟,与鸿雁、飞鸽一样,也被古人看作沟通信息、传递书信的邮差,如"有仙鹤、衔书赦囚"(无名氏《降仙台》),"尘寰外,被鸣鸾报客,飞鹤传书"(汪莘《沁园春·自题方壶》)。在古人浪漫的想象中,鹤甚至是沟通仙界与人间的使者。

鹤分为鹤亚科和冕鹤亚科，我国是鹤种类最多的国家，有9种，分别是丹顶鹤、白鹤、灰鹤、蓑羽鹤、白枕鹤、白头鹤、黑颈鹤、赤颈鹤、沙丘鹤。它们都是国家重点保护野生动物。

其中，丹顶鹤的名气最大，之所以叫这个名字，是因为它裸露的头顶是红色的，远远看去，就像是小巧的头颈上戴着一顶红色的小帽子。成年丹顶鹤体长150厘米左右，是国家一级重点保护动物。丹顶鹤雄雌鸟形态相同，它们的眼睛周围有黑色的羽毛，脸颊、喉部和颈侧都是暗褐色的，从眼睛后面，经过头顶，延伸到颈部，有一条宽宽的白色带子，全身的羽毛主要也是白色的，次级飞羽和三级飞羽是黑色的，分布在尾端，它们的喙是绿灰色，细长的脚是黑色的。它们的颈延长，尤其是气管，盘曲于胸骨间，好像喇叭一样，也因此，鸣声格外响亮。

夏天的时候，它们栖息在中国东北三江平原等芦苇湿地，成对或者以一个家族群结伴觅食活动。在交配季节，雄雌鸟相对，扬起细长的脖子扬天鸣叫，表达爱意。鹤的孵化期为28~36天，雌鹤一般负责夜间孵卵，雄鹤则白天接班。冬天要来了，它们就拖家带口、成群结队地从东北飞往渤海、黄海沿岸过冬。在天空中，它们把脖子伸得直直的，目光盯着目的地，摆出"V"字形编队，奋力飞翔。

鹤是一种寿命相对较长的鸟类，某些鹤可以活到40年以上。

在道教传说中，作为仙鸟的鹤甚至可以长生不死。因此，鹤在中国文化中备受尊崇，人们把它看作祥瑞之物，将其作为长寿、吉祥和飘逸、高雅的象征。《淮南子·说林训》称"鹤寿千岁，以极其游"，《古今注·鸟兽》称鹤"千岁则变苍，又二千岁则变黑，所谓玄鹤也"。

"千岁"对现实中的鹤来说，实在是夸张了，不过在趋吉纳祥心理的驱使下，古往今来，文人还是热情地把鹤拉进自己的作品里，借鹤传达美好祝愿，如"富贵鹏程九万，康宁鹤算三千"（仲殊《西江月·其二》），"借北来双鹤寿芳筵，人千岁"（无名氏《满江红·侄寿叔》）。

文人们还喜欢将鹤与其他象征长寿的事物放在一起，组成同类意象群以聚祥瑞之气，如鹤与龟联合、鹤与松柏联合、鹤与鹿联合、鹤与仙山联合，相关作品不胜枚举："龟龄鹤寿三千岁"（葛胜仲《蝶恋花·其一》），"更借当年，一龟一鹤，伴千秋寿"（李曾伯《醉蓬莱·其三》），"洞府星辰龟鹤，来添福寿"（晏殊《长生乐·其一》），"庆屏山南畔，龟游绿藻，鹤舞青松"（无名氏《八声甘州·寿国太夫人》）……

"仙鹤告瑞"的想象，也深深地烙印于帝王心中。宋徽宗在位时所兴建的两座皇家园林（"延福宫"和"艮岳"）中驯养着大量的鹤。他常派官员探访、记录执政期间发生的祥瑞事件，期盼国家之昌盛与民心之所向。宋徽宗不算一位优秀的皇帝,但他是一位出色的画家,他还亲自运笔,于绢素之上绘下千古名作《瑞鹤图》。画卷中,宋都皇宫富丽雄伟,天空祥云缥缈,城门上空翱翔的18只仙鹤各极其态、生动逼真。宋徽宗特别用瘦金体撰诗记述了《瑞鹤图》的创作背景与美好寓意:"清晓觚棱拂彩霓,仙禽告瑞忽来仪。飘飘元是三山侣,两两还呈千岁姿。似拟碧鸾栖宝阁,岂同赤雁集天池。徘徊嘹唳当丹阙,故使憧憧庶俗知。"《瑞鹤图》是宋徽宗"御笔画"代表作之一,现藏于辽宁省博物馆。

  鹤在古代一直被视为神异之鸟、仙禽。在道教故事中,鹤有时是神仙逍遥于天地之间的坐骑,有时是仙人的象征。与道教的仙风道骨形象最相近的一种鹤,应该是蓑羽鹤了。蓑羽鹤体长68~92厘米,是鹤类中体型最小的一种。与别的通身白色羽毛的鹤不同,蓑羽鹤全身像穿着一件蓝灰色的道袍,灰色和蓝色相间的羽毛均匀分布,眼先、头部两侧、喉和前颈被黑色的羽毛覆盖,羽毛从头延伸到胸前,羽尾悬垂在胸前,这条黑色的羽带,像它精心挑选,给自己搭配的领带。也因为这身独特的搭配,让它更像一个悠闲散步于湖畔的超尘脱俗的道士。蓑羽鹤如今是国家二级重点保护野生动物,多分布在武汉、荆州等开阔的芦苇沼泽、湖泊、河谷等地。

鹤喜欢栖息于沼泽、浅滩、芦苇塘等湿地或者人烟稀少的荒郊野外，古人发现了鹤的这种生活习惯，特别羡慕，也希望自己能够像鹤一样，远离尘世纷扰，做一名隐士。有些人只是嘴上说说，有些人却用行动实现了自己的"隐逸之梦"。这个人就是北宋初年的林逋。或许你对他的名字不熟悉，但你一定听过他的故事——"梅妻鹤子"。他将梅花作为自己的妻子，养鹤为自己的孩子，梅花象征品行高洁，鹤又超脱逍遥，他在这两种事物身上找到自己的追求，孤身一人隐居杭州西湖的一处孤山，怡然自得地度过一生，被传为千古佳话。

　　魏晋之际"竹林七贤"之一嵇康的儿子嵇绍因聪明俊伟，被评为"卓卓如野鹤之在鸡群"。出自东晋戴逵所作的《竹林七贤论》的成语"鹤立鸡群"即比喻人的仪表或才能在一群人中极为突出。

　　鹤不但频频"现身"于文学作品，成为文人表情达意的载体，还经常因为它美丽的姿态，出众的长相，出现在民宅楼门的砖石上、日常生活中的砚台、酒杯等物品上，人们把鹤或刻或画在各个地方，是向往长寿，也是许愿美好生活。

　　春秋时期的莲鹤方壶（青铜制盛酒或盛水器），上端雕刻有一只仙鹤昂首振翅，造型灵动。战国时期的人物御龙图，描绘墓主人乘龙升天的情景，其中的鹤发挥着引领亡魂升天的作用，

宋词奇物说

表达人们对死后升仙的祈祷。

秦汉时期的云鹤纹瓦当、三鹤纹瓦当、四鹤纹半瓦、六鹤纹瓦当广泛用于建筑，寄托了古人对吉祥如意的追求与向往。唐宋时期，鹤纹样频频出现于绘画、铜镜、诗文之中。

明代，官员朝服的前襟有"补子"，"补子"按照官员等级，绣上不同的动物，只有一品文官的朝服补子才能采用仙鹤纹样，可见仙鹤在人们心中的崇高地位。

刘克庄用鹤表达自己的归隐之心，只是动物界的鹤不懂被人类加在身上的各种意义，它们只知道，天地广阔，又一个春天来了。

动物明星小档案

中文名：丹顶鹤

分类：鸟纲鹤形目鹤科鹤属

别名：仙鹤

国内分布：在我国东北中部草甸地带繁殖，向南至长江下游越冬

特征：成鸟体长 1.2~1.6 米。雌雄相同。全体几乎纯白色。喉、颊和颈的大部分呈暗褐色。额和眼先均微具黑羽。头顶全部的皮肤裸露，呈朱红色，似肉冠状，两翅形阔，大都是白色。次级和三级飞羽却呈黑色，且为形特长，而向下曲作弓状，羽端的羽支散离，像毛发。眼暗褐色；嘴暗绿，先端稍淡；脚铅黑色。

冷知识

丹顶鹤也"脱发"！

丹顶鹤是鹤类里最受人喜欢的一种动物，它头顶上的红色羽毛被称为"丹顶"，成为它的显著特征。可是你知道吗？有研究发现，"丹顶"的形成是因为一种名为"脱毛症"的遗传疾病。这种病会导致丹顶鹤头顶上的羽毛脱落，而其他部位的羽毛则不受影响。

［宋］佚名·寒柯山鹇图（局部）

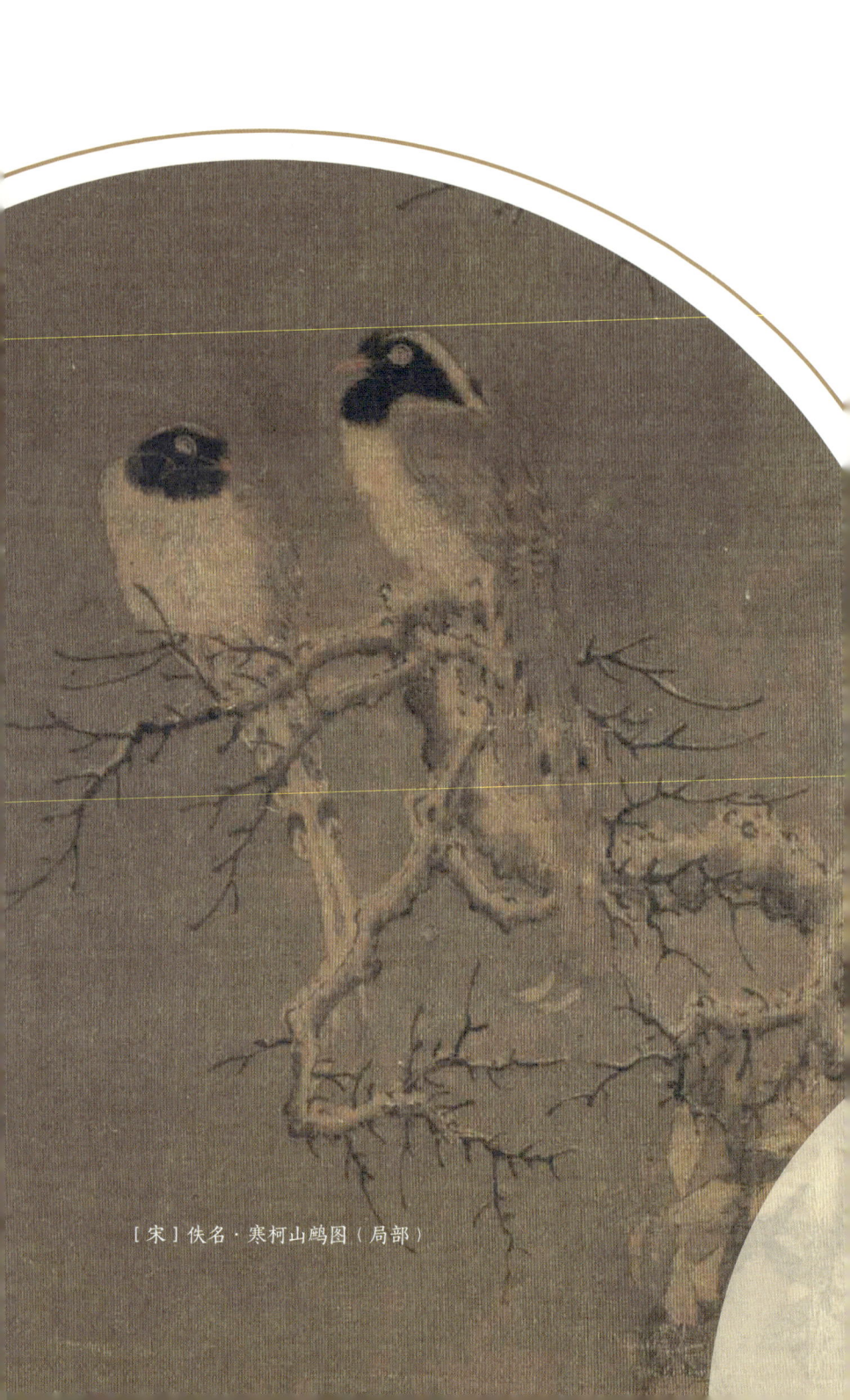

鹧鸪

声声叫「行不得也哥哥」

菩萨蛮

南宋·辛弃疾

郁孤台下清江水,中间多少行人泪。
西北望长安,可怜无数山。
青山遮不住,毕竟东流去。
江晚正愁予,山深闻鹧鸪。

宋词奇物说

读宋词，鹧鸪的鸣声不绝于耳，它们不但飞入婉转含蓄的婉约词，也飞入慷慨激昂、悲壮雄强的豪放词，带着读者更深入地感受季节的流转、人间的风雨与词人心底的波澜。

鹧鸪深受宋代词人青睐。无论是书写恬静悠然的生活，抒发伤春惜春的情绪，还是吟咏羁旅思乡的情怀，描摹离别相思的惆怅，它都自然而然地成为文人们传情达意的代言者。敏感善思的词人看见鹧鸪就立刻忧国忧民起来。单纯的鹧鸪，并不知道，在人类的眼里，它已经成为一种"愁"的情结。

鹧鸪鸟的叫声特殊，非常容易分辨，近似"kee-kee-kee-karr-"，某一日，鹧鸪栖息在江西赣江造口附近的树枝上，仰着脖子鸣叫。这叫声深深地吸引了词人将军——辛弃疾。当时的他任江西提点刑狱，驻防在造口，他仔细听着，听着，鹧鸪的叫声好像在说"行不得也哥哥"。

他登郁孤台（今江西省西北部贺兰山顶，又称望阙台）远望，不由感叹：郁孤台下这赣江的水，其中流淌着多少行人的眼泪，让后来的观临者每每想到其中的曲折，思绪也随着江水波澜起伏。他又举头眺望西北的长安，可惜只看到连绵不断的青山重重遮拦。这山重水复，正如收复中原的壮志受到种种阻碍，又像此时耳边不断传来的鹧鸪声"行不得也哥哥"，像是在劝他，也像是在为他发愁。

于是，他提笔写下这首《菩萨蛮·书江西造口壁》，将爱

鹧鸪
声声叫"行不得也哥哥"

国情与英雄泪糅合在一起,道出一代爱国词人的愁肠百结。"醉里挑灯看剑,梦回吹角连营"的他,在鹧鸪声声凄苦的叫声中联想起山河破碎,更是愁绪难解、思绪难平。

在南宋政权的危急存亡之秋,词人身临造口,难免情绪复杂。他一方面对北伐中原、恢复大宋疆土踌躇满志,相信抗金大业必然会克服一切阻力,取得最后的胜利,正如滚滚的江水奔腾向前,终会冲破层峦叠嶂一样;一方面又满怀忧思,因想起抗金事业所受到的重重阻力而忧愁。夕阳西下之时,他正满怀愁绪徘徊在江边,深山里传来的鹧鸪鸣叫声更使他愁上加愁。

《菩萨蛮·书江西造口壁》一词慷慨悲壮,笔力雄厚,既沸腾着词人力图恢复国家统一的爱国热情,又灌注着作者壮志难酬的悲愤。词人以比兴手法,将眼前景、家国事、忧愤情注入笔下,笔笔言山水,处处有寄托,生动地传达出作者渴盼收复失地,但又满腔忧虑的矛盾心情。鹧鸪那"行不得也哥哥"的悲鸣,让整首词更显回环宛曲之美。

辛弃疾有多首词写到"鹧鸪",除了抒发忧国伤怀的《菩萨蛮·书江西造口壁》,还有书写离情别绪的《贺新郎·别茂嘉十二弟》《最高楼·送丁怀忠》。备受辛弃疾青睐的鹧鸪是一种什么鸟呢?

中国地区分布的鹧鸪,为中华鹧鸪,它属鸟纲鸡形目雉科鹧鸪属,体型似鸡,比鹌鹑大一点,雄鸟体长30厘米左右。别名金嘎嘎、越雉、隋阳、逐隐、怀南、花鸡等,主要分布于我国南部如福建、广东、广西、海南、云南、贵州、浙江等地。它常栖于草丛、矮树或杂草灌木丛生的小松林,鸣时多立于山巅、树上。中华鹧鸪是杂食类动物,喜食谷粒、豆类或其他植物种子、野果,也喜食蚱蜢、蚂蚁、蝗虫等昆虫。

中华鹧鸪属于典型的南方之鸟。《酉阳杂俎》及《岭表录异》有载:"鹧鸪似雌雉,吴楚之野悉有,岭南偏多。此鸟肉白而脆,远胜鸡雉。能解治葛并菌毒。臆前有白圆点,背上间紫赤毛。其大如野鸡,多对啼。"这里描述了中华鹧鸪的模样,它们很像野鸡,羽毛颜色大多是黑白相杂,背上、胸前和腹部有小眼睛一样,圆圆的白色斑点,头顶有黑褐色的羽毛,额头两侧到颈部是棕色,眼睛上面有一条黑色的羽带,好像人类的文眉一样,耳朵处的羽毛是白色的,脚是橙黄或者红褐色的。雄鸟和雌鸟长得很像,不过,雌鸟羽毛颜色更浅一点,眼睛处的眉纹不如雄鸟显著。

中华鹧鸪在每年 4~6 月繁殖,到了繁殖季节,雄鸟就会发出嘹亮奇特的叫声,吸引雌鹧鸪,雄鸟之间也经常因为一只雌鸟"争风吃醋",大打出手。选择好了伴侣,这对中华鹧鸪就会相约将巢筑在隐蔽的草丛中,在筑巢的时候,它们会衔来枯草编织一个舒适的巢,在巢里产卵,每次产 3~6 枚。卵为白色或乳黄色的梨形。孵化期为 21 天。雏鸟出壳后不久即可跟随亲鸟活动。

中华鹧鸪飞时常向南方,这在多种典籍中有记载。早在西晋时期,文学家左思在《三都赋》中就曾描写中华鹧鸪"如鸡,

鹧鸪
声声叫"行不得也哥哥"

中华鹧鸪　*Francolinus pintadeanus*

黑色，其鸣自呼。或言此鸟常南飞不北。"六朝时期重要的地志作品《南越志》也曾描述中华鹧鸪"虽东西徊翅，然开翅之始，必先南翥（zhù）"。虽然在东西方徘徊，但展翅高飞时，一定向着南方。由于中华鹧鸪鲜明的南方属性，词人常用鹧鸪声为背景勾勒南方独特的景致，寄托游子的羁旅思乡之情。比如，宋代婉约派代表人物秦观在《梦扬州》中所写的"江南远，人何处，鹧鸪啼破春愁"，再如宋代仇远在《醉落魄·水西云北》所吟咏的"莫唱江南，谁是鹧鸪客"……

在古人眼中，鹧鸪是一种有灵性的动物。其鸣声颇富感情色彩，与"行不得也哥哥"谐音。鹧鸪这样的叫声，总是让身在异乡的漂泊客非常容易想家，有家不能回，便会伤心，再加上旅途艰险，前路迷茫，于是，断肠人听到了断肠声，将浓浓的情思寄托在鹧鸪身上。

如唐代李群玉的"落照苍茫秋草明，鹧鸪啼处远人行"（《九子坡闻鹧鸪》，另有版本《九子坂闻鹧鸪》），唐代张籍的"楚客天南行渐远，山山树里鹧鸪啼"（《玉仙馆》），唐代李白的"宫女如花满春殿，只今惟有鹧鸪飞"（《越中览古》），宋代朱敦儒的"山晓鹧鸪啼，云暗泷州路"（《卜算子·山晓鹧鸪啼》），宋代苏轼的"沙上不闻鸿雁信，竹间时听鹧鸪啼，此情惟有落花知"（《浣溪沙·春情》）。

鹧鸪多雌雄对啼，一唱一和，和燕子、鸳鸯、大雁一样，让人联想到恋人之间的恩爱缠绵、喁喁私语。于是，鹧鸪身上不仅有了人类的"愁思"，也有了人类的"爱意"。如五代李珣笔下的"残日照平芜，双双飞鹧鸪"（《菩萨蛮·回塘风起波文细》）、前蜀顾敻（xiòng）笔下的"岸花汀草共依依，雨微，鹧鸪相逐飞"（《河传·其三》）。鹧鸪成双成对的生活习性，常令独处深闺或形单影只的女子顾影自怜、无限感伤，她们在鸟儿的双栖双飞中哀叹自己的孤独难守。唐代刘禹锡的"唱尽新词欢不见，红霞映树鹧鸪鸣"（《踏歌词四首·其一》）、张籍的"送人发，送人归，白蘋茫茫鹧鸪飞"（《湘江曲》）描写的就是此情此景。宋代花间派"鼻祖"温庭筠在《菩萨蛮·小山重叠金明灭》《更漏子·柳丝长》中也细腻地描摹了这种悲情。前者如"新帖绣罗襦，双双金鹧鸪"，后者如"惊塞雁，起城乌。画屏金鹧鸪"，均为借鹧鸪和鸣，衬托形单影只的落寞。

古代的自然环境比今天要好得多，想来，宋代人经常能看到盘旋天空的鹧鸪，或听见山野里鸣叫不断的鹧鸪声，因此，鹧鸪才频繁出现在宋代词人的词作中，甚至，在宋词的诸多词牌中，拥有以自己命名的词牌名——《鹧鸪天》。

《鹧鸪天》词牌名为双调，共55字。此调由一首七律演变而成，上片每句七言，相当于一首七言绝句；下片换头两个三字句，多用对仗。一起来读一读下面这首由北宋著名词人晏殊写的《鹧鸪天·彩袖殷勤捧玉钟》，感受一下这首词牌的规律：

彩袖殷勤捧玉钟，当年拚却醉颜红。舞低杨柳楼心月，歌尽桃花扇底风。

从别后，忆相逢，几回魂梦与君同。今宵剩把银𣰦照，犹恐相逢是梦中。

《鹧鸪天》取名于唐代诗人郑嵎（yú）的诗句："春游鸡鹿塞，家在鹧鸪天。"这个词牌名，又名《思佳客》《思越人》《醉梅花》《于中好》等。又因为北宋词人贺铸作了一首《鹧鸪天·半死桐》，词中有"梧桐半死清霜后"之句非常有名，所以，后来的词人称这个词牌名为《半死桐》。

唐代郑谷有《迁客》一诗云："离夜闻横笛，可堪吹鹧鸪？"可知，在唐代，鹧鸪已经是一种曲子的名字了，到了《宋史·乐志》中引用姜夔的话："有曰夏笛鹧鸪，曰湖卢琴渤海琴，沉滞抑郁，腔调含糊，失之太浊。"由此可知，鹧鸪应该是一种笙笛类的乐曲，曲调听起来低音较重，幽怨抑郁，这种风格的曲子很符合宋代人在鹧鸪身上寄托的忧思之情。词牌《鹧鸪天》与《瑞鹧鸪》都取意于此。

鹧鸪不但飞入文人笔下，寄托文人情谊，更在人们日常生活中经常出现。比如鹧鸪斑香、鹧鸪斑茶具、鹧鸪斑茶……

鹧鸪的羽毛为紫赤相间的条纹，胸前有正圆如珠的白点，这是它所独具的风韵。这一与众不同的形态特点引发了人们丰富的联想，有人将"色褐黑而有白斑点"的香料取名为"鹧鸪斑香"。

宋人非常懂得享受日常生活的乐趣，喝茶经常会先点一支香，所谓焚香烹茶之乐。生性浪漫、心思细腻的文人选一支鹧鸪斑香点燃，再细细品一盏茶，把这种快乐写进词作中，与后人分享，如黄庭坚的"纤纤捧，研膏溅乳，金缕鹧鸪斑"（《满庭芳·茶》）、周紫芝的"醉捧纤纤双玉笋，鹧鸪斑"（《摊破浣溪沙·茶词》）。

有人将拥有黑白相间、细腻斑纹的矿石称为"清鹧鸪斑"（指代清澈明亮的湖泊上飞翔的鹧鸪）。在此基础上打磨而成的清鹧鸪斑歙（shè）砚颇受文人雅士钟爱，它们仿佛一幅幅自然山水画，每一块都有其独特的纹理和质地。

除了香料之鹧鸪斑，还有茶具之鹧鸪斑（指代有鹧鸪斑点花纹的茶盏）。《中国陶瓷史》第九章写有："建窑，烧于福建之建安，亦号乌泥窑，其色，于光滑之黑色中显银色之白波纹，如兔毫状，或作灰色之鹧鸪胸腹状，所制之器，以茶具为最著，所谓兔毫盏（亦名鹧鸪斑）是也。"此类茶盏，常常集典雅古韵与独特器型为一体，鹧鸪斑纹层层叠立，质感古拙，器型雅致，可谓盏里盛乾坤，点滴见匠心。

宋代记载瓷器茶具的文献中，"鹧鸪斑"一词出镜率颇高，如陶谷《清异录》中载："闽中造盏，花纹鹧鸪斑点，试茶家珍之。"常见的建盏多是红釉鹧鸪斑、黄釉鹧鸪斑、褐釉鹧鸪，它们多是口大底小、造型古朴浑厚。富含金属光泽的釉面与林立叠放的鹧鸪斑交相辉映，让人忍不住把玩。宋代除了精美的鹧鸪斑纹盏，还有鹧鸪斑釉执壶，其间的斑点疏密有致、若隐若现，堪称匠心独运。通过来自历史深处的建盏，我们可以窥见古人对鹧鸪的喜爱。

海南还流行一种鹧鸪茶，被历代文人墨客誉为茶品中的"灵芝草"。该茶是海南当地人四季常饮及接待宾客的绿色养生健康饮品。"鹧鸪茶"的故事源自关于鹧鸪的美丽传说——很早很早以前，海南万宁有一户农民养了一只可爱的鹧鸪。有一天，这只鹧鸪生病了。主人翻山越岭去采摘茶叶，泡热水为了治好鹧鸪的病。后来，喝了此茶的鹧鸪神奇地起死回生。人们从此认识到此茶的不凡功用并取名为"鹧鸪茶"。这个传说有民族审美的文化积淀，有关鹧鸪茶神奇的传说中，流露着人们对鹧鸪鸟的信赖与喜爱。

古代的一些艺术品喜欢以鹧鸪图案为装饰，鹧鸪形象让古朴的器物增添了几分生动和趣味，如清代康熙年间的大漆古铜彩玳瑁斑红鹧鸪水盂。采用手工彩绘而成的红鹧鸪图案，线条流畅，色彩适宜，使得整个器物精美绝伦。这样的器物，集历史、文化、艺术与收藏价值于一体，不仅展示了古代匠人们的精湛技艺，也折射着一个时代的诗意与风情。

千百年来，宋词的魅力惊艳世界，鹧鸪鸟儿的鸣声不绝于耳。无论是诗词中的鹧鸪还是器物上的鹧鸪，都成为中华民族文化的一部分。

动物明星小档案

中文名：中华鹧鸪

分类：鸟纲鸡形目 雉科鹧鸪属

别名：赤姑、花鸡、怀南、越雉

国内分布：见于云南西部及南部、贵州西南部、广西、海南、广东、福建、江西、浙江及安徽

特征：成鸟体长 30 厘米左右。头顶黑褐色，眉纹栗色，白色脸颊和喉部被黑色的颊纹隔开。全身黑色并具白色斑点，肩羽和尾下覆羽栗色。雌性体色较雄性浅，以棕黄色为底色，虹膜为暗褐色，喙为黑色，脚为橙黄色。

冷知识

鹧鸪喜欢用沙子洗澡

鸟类怎么洗澡呢？它们通常喜欢"沙浴"。鸟类的羽毛又厚又密，容易沾染羽虱，滋生细菌，为了清除这些害虫和细菌，一些鸟类会在沙子堆中滚来滚去，甚至把自己的翅膀竖起来，让沙子可以进入羽毛间的空隙，然后再使劲地扇动翅膀，这时附在身上和翅膀上的羽虱便会随沙子一起掉落。

鹧鸪使用的就是这种洗澡方式。每天上午十一点左右，当山上的沙土被阳光晒热时，鹧鸪就飞到山腰、山顶，寻找松软暖和的土壤，晒太阳、沙浴。沙浴既是中华鹧鸪进行身体清洁的方式，也是它们宣示自己地盘的方式。

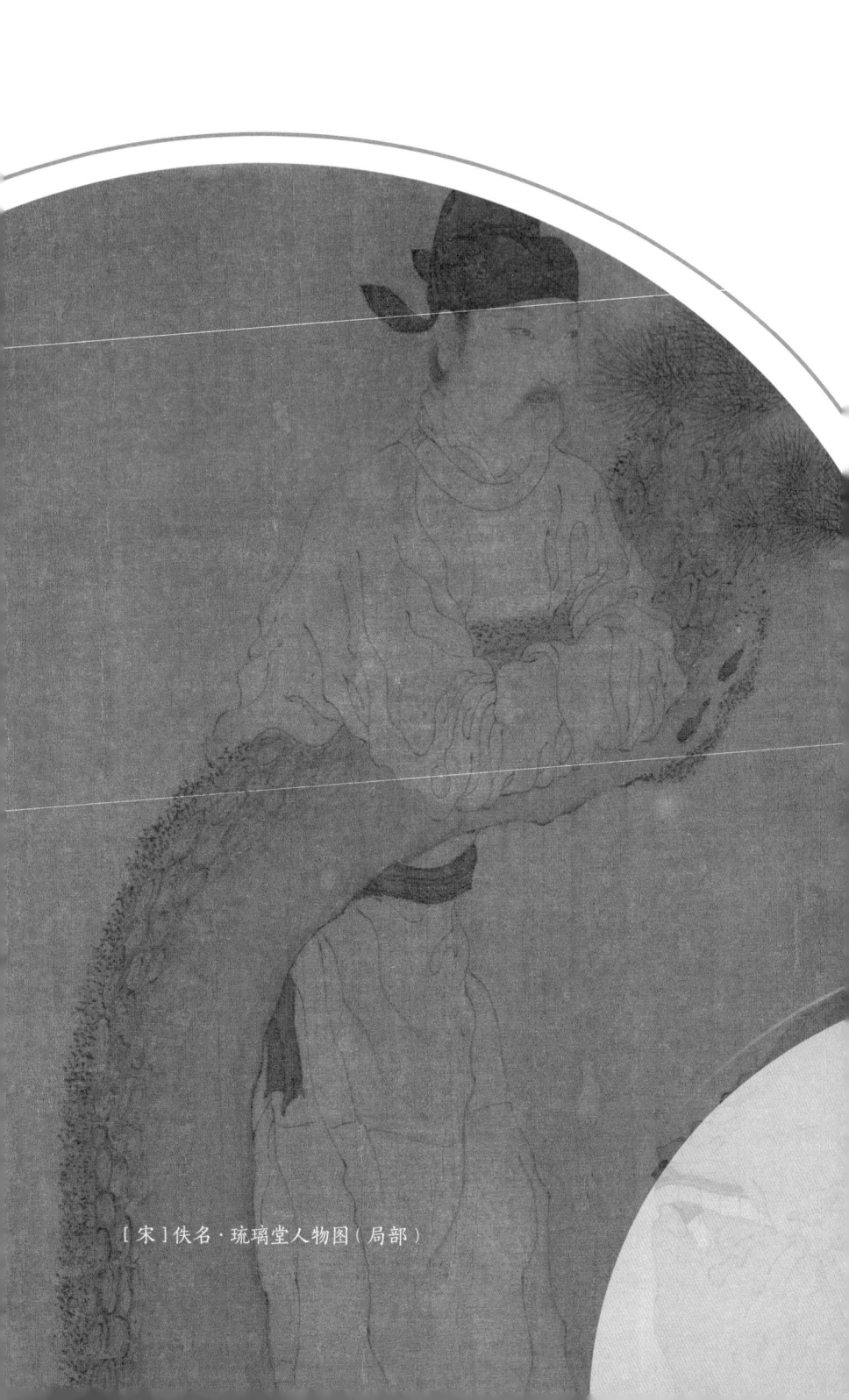

[宋]佚名·琉璃堂人物图（局部）

猫头鹰

夜视王者会「反差萌」

水调歌头

南宋·刘过

弓剑出榆塞,铅椠上蓬山。得之浑不费力,失亦匹如闲。未必古人皆是,未必今人俱错,世事沐猴冠。老子不分别,内外与中间。

酒须饮,诗可作,铁休弹。人生行乐,何自催得鬓毛斑。达则牙旗金甲,穷则蹇驴破帽,莫作两般看。世事只如此,自有识鸮鸾。

南宋时期，面对国家与民族的生死存亡，词不仅是浅斟低唱的工具，也成为主战者手里的武器。此时，受辛弃疾影响而形成一个知名的文学流派——辛派。他们以抗敌爱国、恢复中原、感抚时事为主要创作内容，其词多涉战争意象，作品风格雄豪悲壮，意境慷慨激昂，充满战斗的激情与深沉的感慨。辛派词人力主抗金北伐，但报国有心，请缨无路，理想被现实一一击碎。

本词作者刘过是辛派代表人物之一，与辛弃疾、陆游、陈亮等人有着较深的交往。刘过对辛弃疾十分崇拜，曾借《呈稼轩·其五》抒发自己的怀抱："书生不愿黄金印，十万提兵去战场。只欲稼轩一题品，春风侠骨死犹香。"当时主战派与主和派斗争激烈，而主和派手握实权，爱国志士虽胸怀报国之志却无用武之地。国势衰微，坚持抗金北伐的刘过心中抑郁难平，遂将满腔悲愤发之于词。《水调歌头·弓剑出榆塞》一词就是在此种时势情境中写出的：

背着弓提着剑远出边塞去杀敌，在蓬山著书立说、满腔热血写下人生华章。无论是武功还是文名得来毫不费力，失去也以平常心对待。古人未必全是对的，今人未必都是错的，这世间有着太多的沐猴而冠之辈。无论是内外或者中间，我都已经看透了，一切其实都没什么区别。

可以饮酒解忧，也可以赋诗言志，但不要再徒劳地弹响自己的剑铗（jiá）了。弹铗又有何用？不是每个人都像冯谖（xuān）

那样可以得到孟尝君的赏识。梦想遥不可及，人生短暂，需及时行乐。何必每日自寻烦恼，枉自落得满头华发、两鬓斑白呢？得志就穿上战衣领兵带队去杀敌，不得志就戴破帽骑着跛脚的驴子赶路，不要觉得二者有什么区别。世间之事就是如此，必定有人能够辨忠奸、明是非，识得凤凰与猫头鹰这样的美丑善恶。

刘过与刘克庄、刘辰翁享有"辛派三刘"之誉，词风与辛弃疾相近。他为人尚气节，喜论兵，满怀报国之志，希望建功立业。这首词是刘过晚年写的，笔致似直而纡，强烈抒发了内心的愤懑和无奈。词中正话反说，貌似满腹牢骚，实则愤激不平；看似达观超脱，实则沉痛不已。

词中，"世事只如此，自有识鸮（xiāo）鸾"中的"鸮"指猫头鹰，"鸾"指凤凰，作者用这两种动物比喻美恶。猫头鹰在古代，为什么被称为恶鸟呢？在暗夜里神出鬼没、静音巡航的它们，有着怎样的生存之道与看家本领呢？

猫头鹰是脊索动物门、鸟纲、鸮形目鸟类的统称，又名鸮、枭，广泛分布于除南极洲之外的各大洲。它们头大而宽，嘴短而粗壮，眼睛又圆又大且炯炯有神，因其头部似猫，故俗称"猫头鹰"。

猫头鹰是一大族鸟类的总称，全球约有200种。常见的种类有长耳鸮、短耳鸮、红角鸮、仓鸮、草鸮、雪鸮等。不同种类的猫头鹰体型大小不一，大如老鹰，小如麻雀。最大的猫头鹰雕

宋词奇物说

雕鸮 *Bubo bubo*

鸮高 70 多厘米，成年雄鸟体长可达 90 厘米；而最小的猫头鹰，仅仅 12 厘米高。

猫头鹰看起来又酷又萌，这与它们那双大大的眼睛密不可分。其看透黑夜的铜铃大眼相当于头部的 1/3 大小，眼底分布着大量视杆细胞（这些细胞对弱光十分敏感）。与其他很多鸟类的眼睛基本是在两侧不同，猫头鹰的双目位于面部的正前方，这让它们拥有更好的夜间视力，可以精确地定位猎物的距离和方向，从而提升夜间捕猎的效率。而且，它们白天养精蓄锐，夜晚"错峰行动"，竞争者更少，更容易实现"薯（鼠）条"自由。据统计，一只成年猫头鹰一年消灭老鼠可达 1000 多只。当然，也有个别种类的猫头鹰上白班，如猛鸮、短耳鸮。

猫头鹰的羽毛体现着大自然造物之神奇，让它们看似胖如球，实则轻如燕，尤其是翅膀前部的锯齿状羽毛，对消音大有裨益。猫头鹰大部分体表覆盖着松软的绒毛，不但眼睛四周有放射状的羽毛，连嘴部也几乎被羽毛掩盖，部分种类具有耳状羽毛。翅膀翼型、初级飞羽的形态结构、蓬松而柔软的羽毛发挥着消声降噪的作用，便于它们实现静音飞行。有实验证明，即使在它们的飞行路线上布满灵敏的录音设备，也几乎录不到其翅膀扇动的声音。而且，"毛衣""毛裤""毛袜"覆盖全身，也起到一定的保护作用。

猫头鹰羽毛的颜色与周围环境多有相似，这让它们可以在藏身地"深藏不露""知己知彼"。比如，猫头鹰队伍中的雪鸮，其颜色近似雪白色掺杂一些黑色斑点，几乎是对白雪皑皑环境的模仿。而且，厚实的"羽绒服"便于它们抵御酷寒。猫头鹰中的灰林鸮也会拟态其栖息地，棕色斑点羽毛可以让它们在落叶林地完美隐藏。斑林鸮则以棕色、棕褐色和黑色色调高度模仿周围的树木。雕鸮藏匿在岩壁上仿佛石化一般，白脸角鸮遇到威胁时可以把自己伪装成树枝。

猫头鹰有一项特异功能——"歪头杀"。它们的眼睛虽然又大又圆，但眼球不能转动，若想扩大视野，需要借助一项特别的本领——灵活转动脖子。相比于人类的 7 块颈椎，猫头鹰的颈椎多达 14 块。它们这种特殊的颈椎结构，在某种情形下，脸甚至能转向后方，转动幅度可达 270 度。因为拥有如此特别的身体结构，猫头鹰可以观察到四周很大范围的情况，可以高效捕捉猎物和躲避敌害。

猫头鹰是猛禽，具有锋利的爪子和喙，且都弯曲呈钩状，腿强健有力。部分种类如雕鸮，外观极其强悍霸气。它们是出名的捕鼠能手，主要食物为鼠类，偶尔也捕食小鸟或大型昆虫。

猫头鹰多栖于山地、林中深处，营巢于树洞中，平时昼伏夜出，习惯在黄昏或夜间活动，民间常称其为"夜猫子"。猫头鹰的视觉在白天很弱，一旦到了晚上便"脱胎换骨"一般，视力可以达到人类的 100 倍。而且，大眼睛的它们瞳孔很大，不但能够收集更多的信息，而且对弱光有良好的敏感性，易于发现藏在黑暗中的猎物。它们还有很发达的听觉神经，两只耳朵一高一低分布在头部两侧，便于精准锁定声音来源。明末小说家冯梦龙在《东周列国志》中称其"昼不见泰山，夜能察秋毫"。借助于消声的羽毛、敏锐的眼睛、较大的面盘等秘密武器，猫头鹰还成功地当起了雪地狩猎专家，它们甚至可以精准发现隐藏于雪下的、移动的猎物，对猎物实施悄无声息的"闪电攻击"。因为其有强大的捕捉能力，猫头鹰也被看作仪态威猛、战争胜利的象征。《诗经》中涉及战争的诗歌曾描述过它们的风采。

猫头鹰是一种较为神秘的鸟类，白天，它们在树上，习惯睁一只眼闭一只眼地睡觉。这种"半脑睡眠模式"，可以使猫头鹰实现左右脑的轮换休息，也可以使它们在睡眠时保持一定的警觉性。同时，"睁一只眼闭一只眼"的休息方式，还可以减少强光刺激。一举三得，真是一群小机灵鬼呢！

猫头鹰多隐藏在夜色中活动，行踪神秘、神出鬼没，即使是捕杀猎物也是快如疾风，如幽灵般的魅影一闪而过，这也引来了种种误解与传说。民间流行"夜猫子进宅，无事不来""不怕夜猫子叫，就怕夜猫子笑"等俗语。在很多人眼中，猫头鹰是"勾魂使者""不祥之鸟"，是厄运与死亡的象征。这大概与其生物特点息息相关。猫头鹰不但昼伏夜出，而且叫声阴森可怖，飞翔时又像幽灵一样飘忽无声，充满神秘气息，有时还会在墓地周围活动，容易让人产生恐怖联想。另外，猫头鹰嗅觉极为敏锐，能够嗅到腐肉或腐尸散发的特殊气味，发出急促而尖锐的声音。这声音，在漆黑的夜里像极了诡异的笑声，听起来格外可怕。

人们与猫头鹰之间的爱恨情仇并非一成不变。商朝时期，它们特别为人尊崇。殷墟妇好墓等出土的工艺品中，就有制作精工而造型优美的鸮形器。女将军妇好是开疆拓土的功臣，在她丰厚的随葬品中，猫头鹰形的酒尊代表着勇猛的战神，似乎在讲述着旌旗猎猎的故事。西周时期，受政治影响，猫头鹰崇拜渐渐淡化，猫头鹰形象急剧减少。战国末期、秦汉时期，现身墓葬之中的猫头鹰艺术品从曾经的礼器转变成明器，猫头鹰的文化寓意也发生了翻天覆地的变化。秦汉及其后的文学作品中，猫头鹰多被视为恶鸟、凶鸟或者不孝之鸟，代表着邪恶不幸。在此后的几千年，它们都未能洗脱恶名。随着近现代文明越来越进步，人们开始意识到猫头鹰不仅不是不祥之鸟，还为人类保护粮食，是益鸟。

猫头鹰出没，夜视王者的故事还在继续。

动物明星小档案

中文名 短耳鸮

分类 鸟纲鸮形目鸱鸮科耳鸮属

别名 短耳猫头鹰、仓鸮

国内分布 在内蒙古北部繁殖，越冬时遍布全国

精心 雄性成鸟体长36厘米。面盘明显；头顶两侧耳羽簇极不明显，上体棕黄或皮黄，具粗短显著的黑褐色纵纹，下体棕黄或白色，胸部暗褐色纵纹粗短显著，腹部则较细狭；跗跖及趾全被羽。两性相似。虹膜金黄，嘴和爪黑色。

冷知识

猫头鹰是色盲

猫头鹰有着远超人类的夜视能力，在漆黑的夜晚，它能看见的事物比人类多很多。但它们的眼睛构造只有视杆细胞，基本没有视锥细胞。这些视杆细胞对光线和移动非常敏感，但对颜色的反应并不灵敏。因此，在黑夜中，移动的事物更能引起它们的注意。别看猫头鹰是个"大眼萌"，由于缺乏视锥细胞，它们中的大多数种类只能看到单一的颜色。

[宋]佚名·枯树鸜鹆图（局部）

乌鸦

神鸟？孝鸟？凶鸟？

八声甘州

南宋·吴文英

渺空烟四远，是何年、青天坠长星。
幻苍崖云树，名娃金屋，残霸宫城。
箭径酸风射眼，腻水染花腥。
时靸双鸳响，廊叶秋声。

宫里吴王沉醉，倩五湖倦客，独钓醒醒。
问苍波无语，华发奈山青。
水涵空、阑干高处，送乱鸦、斜日落渔汀。
连呼酒，上琴台去，秋与云平。

宋词奇物说

吴文英是南宋的奇才雅士,才华出众但毕生未仕。词人常年游历各地,结交文人墨客,以布衣之身谋天下之事。被誉为"词中李商隐"的吴文英词作丰富,作品多酬答、伤时与忆悼之作。《八声甘州·灵岩陪庾幕诸公游》是他陪朋友一起游苏州灵岩山时写下的一首怀古词,笔致空灵,托意高远。

春秋时期的吴国曾为最强大的诸侯国之一,在吴王阖闾、夫差时达到鼎盛,一时成为东南霸主。吴国曾有孙武、伍子胥等名将,诞生了现存最早的兵书《孙子兵法》。吴越争霸的故事充满传奇色彩,被众多文人写入诗篇。面对吴国遗迹,词人不由想起吴国兴衰的历史以及宋朝国事,心中感慨顿生。这首词乃触景生情之作,内容虚实结合,古今纵横开阖。

在灵岩山,词人纵目四望,看到长空浩渺,一片烟雾缭绕。他眼前似乎幻化出惊心动魄的历史场景与曲折跌宕的前尘往事。夫差、西施、勾践、范蠡等人的故事跨越千载,宛如发生在身边。如此场景,让人如同置身幻境,不由心神摇曳:

何年何月天地巨变,自青天坠下一颗长星?山崖苍翠,云树葱茏,城阙巍峨,灵岩山上伫立着春秋霸主吴王夫差的宫城。越王勾践当年献给吴王夫差的美人西施,就住在华美的馆娃宫。吴国虽破越败齐、争霸中原,却最终被越王勾践所败,霸业有始无终。山下的采香径似乎依然流着宫廷佳人洗漱后的残脂剩酸,一片荒寒污秽,"腥"气刺鼻。叶落空廊,秋叶沙沙作响,好似

西施穿着木屐缓步而来。吴王夫差沉迷酒色,终致亡国;范蠡辅佐越王勾践灭吴后功成身退,厌倦虚名的他放舟五湖,钓游为乐。词人想问苍茫的水波,到底是什么力量主宰着历史的兴亡,但苍波不语。他愁苦无奈,白发早生,但青山依旧苍翠。江水浩瀚,长空无垠,词人倚高栏鸟瞰,只见纷乱的乌鸦在夕阳西下之际飞落凄凉的洲汀。于是,他连声呼唤把酒取来,快快登上琴台,去观赏秋光与云霄齐平的景致。

宋代边患频繁,边事复杂,时代的风雨孕育了宋词的忧世意识。清人王昶论两宋词时曾说北宋词"多北风雨雪之感",而南宋词则"多黍离麦秀之悲"。这句论调的意思是,北宋的词描写自然景物多出于抒发眼前景,而南宋的词是精心安排景物用来寄托家国之痛。吴文英的《八声甘州·灵岩陪庾幕诸公游》一词即借吴王夫差的覆亡之路,寄托国家兴亡的深沉感慨与自己白首无成的一片悲戚。词的上片集中描写吴宫故迹,叙述吴越争霸往事,字里行间满含凭吊之情。词的下片借古喻今,抒发兴亡之感。吴文英虽终生未及第,在游幕中浪迹天涯,但依然心怀忧患,对国运兴衰忧心忡忡。

在这首词中,词人写登临所见之景时提到了乌鸦。"水涵空、阑干高处,送乱鸦斜日落渔汀。"此句将满眼兴亡、一腔悲慨描摹得生动细腻、婉转凄凉。乌鸦的渲染与衬托,使词境浑然一体,曲折有致。

宋词奇物说

宋词中有不少吟诵乌鸦的篇章,以时间归类的有昏鸦、暮鸦、寒鸦、残鸦等,以动态归类的有乱鸦、栖鸦等,与祭祀相关的有神鸦等。在宋词中频频现身的乌鸦是一种什么样的鸟呢?

乌鸦并不是某一种鸟类正式的命名,而是雀形目鸦科鸦属中数种黑色鸟类的泛称。它们是雀形目中体形最大的鸟类,体长约50厘米,乌鸦中个体最大的渡鸦体长可达60厘米。

乌鸦又称老鸦、老鸹,体羽大多为黑色或黑白两色,且黑羽具紫蓝色金属光泽。它们的嘴、腿及脚为纯黑色,翅远长于尾。乌鸦嘴大,喜欢鸣叫,喜群栖,集群性强,一群可达数万只,且飞且鸣,颇有气势。

作为鸟类大家族,乌鸦共有30余种,几乎遍布全世界。常见的乌鸦有北美的短嘴鸦、鱼鸦,欧亚大陆的小嘴乌鸦,非洲的白颈鸦,印度及马来西亚的家鸦等。活跃在中国的乌鸦以秃鼻乌鸦、达乌里寒鸦、大嘴乌鸦、家鸦等几种较为常见。其中,秃鼻乌鸦主要活动于新疆西部、东北经华北和华东至华中等地,体羽通体黑色,鼻孔裸露,体型稍大。大嘴乌鸦又叫巨嘴鸦,最大的特点是喙较大。它们额头高耸,喙上沿与前额几乎成直角,喙峰弯曲呈"拱形",最能直观呈现"乌鸦嘴"的"真面目"。大嘴乌鸦雌雄同形同色,通身漆黑,它们可集群围攻猛禽,颇具攻击性。

乌鸦是杂食性动物,喜食谷物、浆果、昆虫及其他鸟类的蛋,也有很多种类的乌鸦喜食腐肉,甚至包括人类的尸体。因其常出

乌鸦
神鸟？孝鸟？凶鸟？

大嘴乌鸦　*Corvus macrorhynchos*

没于战场、坟头，聚集在荒冢与腐尸之处，并且不停地大声啼鸣，所以人们见到乌鸦总会联想到衰败荒凉、死亡、不幸，将其视为不祥之兆。在古代的大量诗文中，乌鸦常与荒野、孤庙、坟场、战场、穷山、僻水等意象构成荒凉颓败之境，暗喻国破家亡。比如，唐代李商隐在《隋宫》一诗中以"于今腐草无萤火，终古垂杨有暮鸦"渲染荒凉与衰败之境；宋代范浚在《杂兴诗》中以"鹊噪得欢喜，乌鸣得憎嗔"的对比，传达大众对喜鹊与乌鸦截然不同的喜恶；宋代秦观在《满庭芳·山抹微云》中以"斜阳外，寒鸦万点，流水绕孤村"描写环境的萧瑟悲凉。除此之外，还有岑参的诗《阻戎泸间群盗》"饿虎衔髑髅，饥乌啄心肝"、杜甫的诗《晚行口号》"落雁浮寒水，饥乌集戍楼"让人联想到死亡、战争以及尸横遍野、乌鸦吃腐肉的凄惨荒凉之状。

民间多认为乌鸦报丧，喜鹊报喜。在古代的一些民间传说中，乌啼不祥，乌鸦的出现常常伴随着衰朽、不幸、苦闷乃至奸邪。这与乌鸦的生活习性有关，也与乌鸦长得黑有关。

大家对乌鸦的态度贬多于褒，原因主要有如下几点：乌鸦羽体多为黑色，与古代丧服一色，通体黑色增加了神秘的气息，容易触动人们内心深处的死亡意识，让人感到压抑、愁郁；乌鸦的鸣叫干涩粗哑，一点也不好听，让人感到忐忑不安；乌鸦嗅觉异常灵敏，可以远距离闻到尸体散发的气味，它们的出现好像总会伴随着尸体和腐肉，让人联想到死亡而倍感恐惧；乌鸦常出现于荒凉之处，让人感到冷清孤寂。

在趋吉避凶的心理下，民间与乌鸦相关的俗语、谚语大部分寓意不佳。比如"乌鸦嘴"（形容多话而令人讨厌或预言不祥之事的人），"天下乌鸦一般黑"（形容坏人坏事处处相似），"乌合之众"（形容毫无组织纪律胡乱凑在一起的人群），"乌鸦当头过，无灾必有祸""乌鸦叫，祸事到"（形容乌鸦带来不幸），"凤凰不入乌鸦巢"（比喻好人不会与坏人混在一起），"粉刷的乌鸦白不久"（形容伪装者时间长了终会暴露），"乌鸦落在猪身上，看不到自己黑"（形容只看到别人的缺点，却对自己的缺点视而不见的人）。

乌鸦并非自古就被看作不祥之鸟，在汉、唐以前相当长的历史时期，它们还被视为吉祥之鸟、报喜之鸟、具有预言作用的神鸟，也曾和喜鹊一样担当过传递喜讯的使者。

早在商朝，就有"乌鸦报喜，始有周兴"的传说。唐代张籍有"少妇起听夜啼乌，知是官家有赦书"，唐代元稹有"良人在狱妻在闺，官家欲赦乌报妻"，白居易也有"故人锦帐郎，闻乌笑相视"等诗句。

中国西部地区如西藏、四川一些地方，也曾将乌鸦作为神鸟崇拜。来自历史深处的吐蕃文献以及西南地区的"悬棺"和"天葬"习俗都体现了这一点。道教圣地武当山上建有乌鸦庙，把乌鸦奉为神鸟和吉祥之鸟。在道教传说中，真武大帝来武当山修炼时，曾因树密林深找不到修炼之地，是乌鸦为他引路。如今，"乌鸦接食"为武当八景之一。

在古代，乌鸦还被视为运载太阳的神鸟，是"日之精魂"的化身，和太阳是不可分割的整体。在这种文化背景下，先民对太阳的崇拜很自然就落到了乌鸦身上。我国出土的古代文物中就有乌鸦的身影——比如体现仰韶文化的彩陶上画有阳鸟负日飞行的图纹，长沙马王堆的辛追夫人墓中有一幅乌鸦立在红日中的帛画。这些事物，承载了先民们浪漫而瑰丽的幻想。由于乌鸦是日中之鸟，古人甚至将它与王室气象关联，认为它的出现预示着王业兴盛。

乌鸦还曾被用来形容某种官职，最常见的是形容御史，称御史府为乌府。

《汉书》卷八十三《朱博传》记载："是时御史府吏舍百余区井水皆竭；又其府中列柏树，常有野乌数千栖宿其上，晨去暮来，号曰'朝夕乌'，乌去不来者数月，长老异之。"这段故事讲的是，汉朝时御史府内长着许多柏树，常有几千只乌鸦在树上栖息，早晨飞去，晚上归来，人们称之为"朝夕乌"。后人就将这个故事作为典故，用乌台代指御史府。宋代元丰二年（1079）发生了一件历史上著名的案件——"乌台诗案"。时任御史中丞李定等人，上表弹劾北宋大文豪苏轼，说苏轼到湖州上任后，给神宗皇帝上了一封《湖州谢上表》，用语暗藏讥刺朝政，妄自尊大。苏轼因此被贬。对苏轼而言，乌台诗案是一场无妄之灾，是

推行新政的新党对他的打压。

金乌、阳乌、火乌、灵乌等具有恢宏之气、阳刚之美的意象为古代诗文平添了一抹瑰丽奇异的色彩，也寄托了诗人对未知世界的无限遐想。《说文解字》《淮南子》《山海经》《楚辞》等名作都曾将乌鸦想象为与太阳相关的鸟类，赋予其一定的神秘色彩。清代《古今图书集成》也极力渲染乌鸦的神力："昆仑之弱水中，非乘龙不得至。有三足神乌，为西王母取食。"在此背景下，人们在乌鸦身上附着了许多神秘巫术的色彩，认为它长三只脚，具有灵性，可以预示吉凶祸福。据清人记载，我国巴楚地区曾盛行鸦卜——除夕之际，人们以米果喂鸦，系五色缕于鸦颈，通过乌鸦飞行的方向判断吉凶祸福。中国藏族的先民也认为乌鸦具有神性，一些藏文文献曾记载古人以乌鸦的叫声来判断吉凶。

其实，乌鸦作为一种自由自在的鸟类，有自己特别的生物属性，本身并不能预示祸福。但它承载了太多的人类情感和信仰，被文人墨客们反复言说着，被赋予了一定的象征意义。"喜乌"的文化心理多与太阳崇拜、黑色崇拜等有关。

乌鸦长大后会衔食回来，嘴对嘴地将食物喂到年老的乌鸦口中，以回报养育之恩。乌鸦因其反哺的自然本性，还被看作孝鸟。古代文学作品常用"乌鸟私情""乌鸦反哺"来教化人们遵循"孝"和"礼"。孟郊的"慈乌不远飞，孝子念先归"（《远游》）、李密的"乌鸟私情，愿乞终养"（《陈情表》）曾感动了数代人。

《本草纲目·禽·慈乌》中曾写道："此乌初生，母哺六十日，长则反哺六十日，可谓慈孝矣。"在"百善孝为先"的传统文化里，人们大力提倡孝道，希望老有所养。二十四孝之一的丁郎刻母，讲的就是丁郎因看见小乌鸦喂食老乌鸦的孝道而悔改的故事。

乌鸦是拥有高智商的动物，它们可以借助石块砸开坚果，根据容器的形状准确判断食物的位置，其聪明智慧在科学研究中得到肯定的证明。加拿大动物行为学专家路易斯·莱菲伯弗尔曾对鸟类进行IQ测验，发现乌鸦在鸟类智商指数排名中位列第一。乌鸦能完成较多相对复杂的动作，例如它们习惯将大块物品分割成小块，便于携带；会将散落的食物聚拢；会使用工具；甚至还会借助一定的手段误导天敌。

乌鸦既象征灾祸，也寓言吉祥；既盘旋荒野、啄食死尸，被当作死亡的预示、愚蠢的象征，也被视为神的使者、孝的化身。人类通过观察乌鸦的形态和生活习性，将人类社会的信仰、道德规范、善恶观寄托在乌鸦身上。它在不同历史时期、不同文化环境被赋予不同的内涵。从先秦时期的祥瑞神鸟、汉魏晋南北朝的孝鸟到宋代以来的"乌啼兆凶"，人们对乌鸦的态度变化反映了不同时代的审美心理。

动物明星小档案

学名 大嘴乌鸦

分类 鸟纲雀形目鸦科鸦属

别名 乌鸦、老鸹、老鸦

国内分布 广泛分布

特征 成鸟体长 43.4～56 厘米。全身黑色；上体具带金属光泽的蓝紫色，两翼及尾羽泛金属蓝绿色；喉部羽毛披针状，带强烈蓝绿色金属光泽。嘴形粗大，嘴基处不光秃，与秃鼻乌鸦有别；后颈羽毛柔软松散如发，羽干不明显；额弓高而突出，与小嘴乌鸦有别。

冷知识

乌鸦为什么聪明？

德国马普人类历史科学研究所认知科学家团队详细记录了包括 120 多只鸦科鸟类在内的数千种鸟类的生活史，建立了一个鸟类父母养护与其幼鸟智力之间联系的数据库。他们发现，与其他鸟类相比，鸦科羽化前在巢中滞留时间更长，其成年后喂养后代的时间也更长。因此，生长发育周期长，是乌鸦拥有发达的大脑、变得十分聪明的一个重要原因。

另外，科学家通过对栖息在城市里的大嘴乌鸦进行解剖后发现，它的脑重量大约有 10 克，是鸡的 2 倍。它的脑神经细胞的密度也达到鸡的 5 倍，而且具有高智能动物所特有的那种排列结构。而乌鸦的脑重占体重的 0.16%。我们知道，大脑容量越大，就越聪明，所以，乌鸦的聪明与它的身体结构密不可分。

［宋］佚名·江山秋色图（局部）

鲸

长得像鱼,却不是鱼

念奴娇

南宋·吴渊

我来牛渚,聊登眺、客里襟怀如豁。
谁著危亭当此处,占断古今愁绝。
江势鲸奔,山形虎踞,天险非人设。
向来舟舰,曾扫百万胡羯。
追念照水然犀,男儿当似此,英雄豪杰。
岁月匆匆留不住,鬓已星星堪镊。
云暗江天,烟昏淮地,是断魂时节。
栏干捶碎,酒狂忠愤俱发。

宋词奇物说

吴渊是宋朝主战派人物，主张富国强兵、武力抗金。他登临古代战地牛渚山，纵览长江天险，想到曾经的辉煌战事，心胸大为舒畅，但转念一想，自己年事已高，时局忧患重重，不禁又悲愤交集，遂作《念奴娇·我来牛渚》一词：

"我"客游兵家必争之地牛渚山，登高远眺，旅途中的劳顿和寂寞一下子消失殆尽；纵览长江天险，目游万里，神驰今古，顿觉心胸开阔。牛渚山上的燃犀亭高高耸立，不知是谁把它建在山顶最奇险的地方，千百年来，它沉淀着古往今来多少登临之士的复杂情怀。站在燃犀亭上放眼望去，长江波涛翻腾，白浪相逐，采石矶畔的江水如巨鲸般奔腾翻涌；岸上山势雄伟，如猛虎盘踞，地势险要，在防范敌人方面起到天然屏障作用。当年正是在这里，我军战舰与四十万敌军进行殊死战斗，将来犯的金兵击退，大获全胜。"采石矶大捷"让人壮怀激烈。

遥想历史上有名的燃犀照水的故事，今天的好男儿，就应该像当年的名将温峤那样抗击外患、诛除邪恶、定国安邦，才能算得上是英雄豪杰。时光匆匆流逝，转眼之间"我"已两鬓斑白。今日倚栏登高远眺，只见江上云笼雾锁，天地之间一片昏暗，而边境形势也非常险恶，烟云弥漫，战事未休，令人忧虑、哀伤。"我"报国无门，借酒浇愁，醉后不觉将栏干捶碎，尽情宣泄满腔悲愤。

鲸
长得像鱼，却不是鱼

登高是中国古代文学作品的常见主题，凭栏远眺，有人胸怀豁然开朗。有人感慨幽深，有人愁肠百结。在兵家必争之地牛渚山，作者登临山顶的燃犀亭，纵览长江天险，心中萦绕着各种情绪。这首词，上片写登高远眺，触景生情，因昔日抗金的英雄气而壮怀激烈；下片感叹流年，将一腔憾恨化为诗酒怒狂。整首词豪迈悲壮、笔力劲健，既流露出深沉的历史感，又饱蘸着浓郁的现实忧虑，颇具感染力。

写到江势时，词人以"鲸奔"形容巨大的浪涛，可谓生动形象，如神来之笔。宋词中，鲸的出现频率颇高，常被借指江翻海沸、水势浩大，如"鲸波""鲸浪""鲸海"。被称作"海中歌唱家""海中的金丝雀""海洋巨无霸"的鲸，是一种什么样的动物呢？

鲸是脊索动物门、脊椎动物亚门、哺乳纲、真兽亚纲、鲸目的统称，包含90多种生活在海洋、河流中的胎生哺乳动物。鲸的分类很复杂，分为两大类：一类是须鲸亚目（口中有须无齿），分为4科：露脊鲸科、小露脊鲸科、须鲸科、灰鲸科。比如我们熟悉的蓝鲸、长须鲸、座头鲸、灰鲸等都属于须鲸亚目。

另一类是齿鲸亚目（口中有齿无须），分为10多科，包括但不限于亚海豚科、拉海豚科、白鱀豚科（仅有白鳍豚一种，已

103

宋词奇物说

抹香鲸　*Physeter macrocephalus*

灭绝，不仅亡族亡种，还亡了"科"）、恒河豚科等。齿鲸亚目的代表鲸鱼如抹香鲸、虎鲸等。它们徜徉于世界各大洋，我国大部分海域都有分布。

鲸类体型肥圆，整体形态呈圆柱形、桶状，外形是一种极为理想的流线体；身覆厚厚的鲸脂，便于保温、减少身体比重与增加浮力；多数种类颈椎愈合，头与身体直接相连，看起来好像没脖子，这种进化使它们便于减小游泳时的阻力；眼睛较小，无泪腺，视力较差；无耳廓，仅有微小的耳孔，但听力极其敏锐。

鲸类块头较大，堪称庞然大物，一般体长在10米左右，最大体长可达30多米。世界上现存最大的海洋动物蓝鲸，体重可达200吨，是非洲象体重的30倍。鲸喜食乌贼、鱼、肉等，一年下来，可耗费2.8亿吨到5亿吨的海洋动物。在从陆生向水生转变的历程中，鲸的身体和四肢骨骼演化出近似鱼类的外形，成为最适应水中生活的现代哺乳动物，常被人们称为"鲸鱼"。鲸鱼虽然挂名一个"鱼"字，但不是鱼，和我们人类一样，它们属于哺乳动物，同样用肺呼吸。

鲸居于深海，出入皆伴随潮涨潮落，这种现象叫鲸潮。中国战国时期，就已经有人观察到了鲸潮现象，《尔雅·翼》中记载："其大横海吞舟，穴处海底。出穴则水溢，谓之鲸潮，或曰出则潮下，入则潮上；其出入有节，故鲸潮有时。"

它们之所以能够在水下畅通无阻，离不开特化的鳍状肢、毛发退化和鲸脂层增厚，也离不开自主控制开合的气孔。5000万年的演化历程中，它们的"鼻子"从脸部移到头顶，成为可以自主控制开合的气孔。潜入水中，气孔会被肌皮瓣膜覆盖，保持关闭的状态；浮出水面时，气孔打开，吸入新鲜空气。深吸一口气，就能供它们在海里潜行一段时间。比如，抹香鲸、柯氏喙鲸深呼吸之后可以下潜至2000多米深的海域。其自由潜水的世界纪录，鲜有其他动物打破。鲸类换气时喷出的水柱并不是海水，而是肺部呼出的水蒸气遇冷后凝结成的水珠，从远处看就像一条水柱。

练就了憋气神功的鲸类，可以凭此优势获得更深处海域的丰富食物。当然，每次换气，对于鲸鱼来说也是一次冒险。当鲸鱼沉入深海，呼吸道关闭，如同人类潜水时屏住呼吸。氧气彻底耗尽之前，它们必须浮出水面，吸入巨量的新鲜空气。若是体力不支或因其他原因无力上浮换气，鲸类会因此窒息。虎鲸群围捕幼年鲸鱼时，都是想方设法地把它们按在水里，不让它们换气，最后将其活活憋死。

鲸类一般一天多次睡眠，每次睡个十多分钟或者半个小时，完美避免了因沉潜而窒息的问题。鲸家族的睡姿也是花样百出，有的是在同伴的陪伴下缓慢地游动，保持警惕；有的可以"一心二用"，一半大脑进入深度睡眠状态，另一半大脑保持警惕和清醒。

鲸类拥有强大的声呐系统，能利用回声定位功能发出特别的声波信号用以通讯、搜寻猎物、躲避攻击，其声呐性能远超人类现代技术。动物的生存技能常常给人类科技发展以启示，人类使用的声呐就是通过鲸和海豚的声呐系统发明的。

科学家不但研究鲸的生活节奏，也对鲸的耳屎充满兴趣，因为一层一层堆叠而成的耳垢是个巨大的信息库，各种数据反映着鲸的生命历程——既可以显示其年龄（类似于透过树木年轮考察树木年龄的方式），也可以反映环境的变化。鲸的耳屎就像地质学的宝藏，数百年来，世界各地的科学家执着地从死去的鲸的耳朵里挖取一堆又一堆的耳屎，以研究藏在鲸鱼耳屎里的海洋史。

鲸的死亡一般是浪漫而悲壮的。聪明的鲸鱼一旦意识到自己的生命快要走向终点的时候，就会一跃而起然后回归海洋，沉到深海，这被称为鲸落。这是大型鲸类死亡后落入深海形成的生态系统。死后的鲸鱼将自己完全回馈给海洋，通过鲸落滋养海底众多海洋生物。一头鲸的尸体甚至可以供养一套以分解者为主的循环系统长达百年。这就是颇具传奇色彩的"一鲸落，万物生"。科学家称鲸落是海洋生命绿洲。对于生活在寒冷黑暗的深海生物而言，这是一份极其贵重的礼物。

鲸作为庞然大物也有无助的时候。据记载，鲸鱼在某种情况下会"集体自杀"——单独或成群的鲸鱼，冒险游到海边，最终在退潮时搁浅死亡。比如，1754年，法国一沙滩上，30余头抹香鲸搁浅死去；1783年，欧洲易北河口，18条抹香鲸冲往那里进行生命的倒计时；1970年，美国一沙滩，150多条虎鲸决绝地冲上海岸；1985年，新西兰北岛奥克兰附近，约450头鲸鱼在此搁浅；2017年，新西兰南岛附近，400多头领航鲸集体搁浅……鲸"集体自杀"的原因众说纷纭，如：环境污染扰乱了鲸的感觉，受到意外的刺激而仓皇出逃，跟随因病或遇害而搁浅的首领同归于尽，身染疾病无力驾驭风浪，恋食忘返造成退潮后搁浅。鲸神秘的自杀现象，一直使人们感到好奇和困惑。

因为体型巨大、珍稀罕见、惯于深潜，鲸一度被奉为纵横海洋的神灵。对鲸鱼的想象与人们对海洋的好奇、对未知世界的探寻是同步的。

这里就有一个疑问，从中国古代文人留下的诗词文章中，可以见到许多对鲸鱼的描述，如宋代陆游的"人生不作安期生，醉入东海骑长鲸""前年胠鲸东海上，白浪如山寄豪壮"，宋代范成大的"指点琼楼，凭虚有路，鲸背横东极"，宋代苏轼的"风露明霁，鲸波极目，势浮舆盖方圆"，宋代辛弃疾的"鲸饮未吞海，剑气已横秋"，清代曹尔堪的"秋浪发，鲸吞鼍吼，水上横行"……

鲸

长得像鱼，却不是鱼

那么，航海设备不发达的古代人，真的见过鲸鱼吗？

早在先秦时代的典籍里，就有关于鲸的记载。目前已知最早的记载出自《尔雅·翼》："鲸，海中大鱼也。"从班固开始，有了"鲸鱼"的名称，班固在《东都赋》中写道："于是发鲸鱼，铿（kēng）华钟，登玉辂（lù），乘时龙。"古人不仅知道有鲸这种生物，还对它们进行了一定程度的观察。比如，西晋时期的崔豹在《古今注》中写道："鲸，海鱼也……鼓浪成雷，喷沫成雨，水族惊畏，一皆逃匿，莫敢当者。"这里就写出了鲸鱼浮出海面换气的过程。当然，古人一直以为鲸是一种鱼，而不知道它其实是哺乳动物。

鲸鱼不是生活在深海中吗？古人怎么见到呢？《汉书·五行志》中有这样一段翔实的记录："成帝永始元年（前16）春，北海出大鱼，长六丈，高一丈，四枚。哀帝建平三年（前4），东莱平度出大鱼，长八丈，高丈一尺，七枚，皆死。"北海、东莱平度，都指今天的渤海湾。汉代的一丈约合2.3米。长六丈即约长达13.8米，八丈即约18.4米。这种长达14~18米，高达2米以上的大鱼，当然只能是鲸鱼，"四枚""七枚"皆死，这是确切的鲸鱼集体自杀记录。这证明我国的渤海海域是古代鲸鱼游弋和集体自杀的地方。这条记录也证明秦始皇三十七年（前210），秦始皇出游东海至芝罘（fú）（今山东省烟台市芝罘区）

109

见巨鱼,以及为秦始皇入海求长生不死药的徐福所说的"大鲛鱼",都是鲸鱼。

所以,生活在渤海边的古代人或许偶尔能见到鲸鱼,然后通过口口相传,或文字记载,将这种庞然大物的体形特征和生活习惯一代又一代地流传下来,加上文人的浪漫想象,与诗词融为一体。

动物明星小档案

中文名 抹香鲸

分类 哺乳纲鲸目抹香鲸科抹香鲸属

别名 巨抹香鲸、卡切拉特鲸

国内分布 黄海、东海、南海海域

特征 雄兽体长18~23米,体重约60~100吨。头骨的左右不对称,耳孔极小。有20~28对圆锥形的牙齿。鼻孔在头的两侧分开,喷水孔开在头的前端左侧,眼角的后方,只与左前上方的左鼻孔相通;右鼻孔阻塞,但与肺相通。无背鳍,后背上有一系列驼峰状峰状隆起。尾鳍宽大。身体背面黑色,腹面为银灰或白色。体色随年龄而异,一般幼仔色淡,以后逐渐加深,而老年后又变为浅灰色。

冷知识

龙涎香竟然是鲸鱼的粪便!

知名香料龙涎香,实际是抹香鲸肠道中的一种分泌物——粪便。抹香鲸喜欢吃乌贼类动物,在遇到刺激性异物(如鱿鱼、章鱼的喙骨)后,鲸的肠道会分泌出一种特殊的蜡状物,将这些东西包裹,形成了固体结块。这些固体结块被抹香鲸排出体外后,会长时间漂浮在海中,即龙涎香。

龙涎香是香料中的极品,也是诸多高级香水、香精中的重要成分。使用龙涎香配制的香水、香精,不仅香味清雅柔和,而且留香持久,深受人们的喜爱。龙涎香不仅是香料,还是名贵的中药,可以治疗咳喘气逆、心腹疼痛等症。它与沉香、檀香、麝香并称"四大名香",其价格昂贵,差不多与黄金等价。

[宋] 佚名·寒林归鸦图（局部）

貀

最神秘的"四大猛兽"之一

水调歌头

南宋·李光

过桐江,经严濑,慨然有感。予方力丐宫祠,有终焉之志,因和致道水调歌头,呈子我、行简。

兵气暗吴楚,江汉久凄凉。
当年俊杰安在,酹酒醉严光。
南顾豺狼吞噬,北望中原板荡,矫首讯穹苍。
归去谢宾友,客路饱风霜。

闭柴扉,窥千载,考三皇。
兰亭胜处,依旧流水绕修篁。
傍有湖光千顷,时泛扁舟一叶,啸傲水云乡。
寄语骑鲸客,何事返南荒。

宋高宗建炎四年（1129），金兵在杭州大肆掳掠后，在北返途中接连遭遇失败。首先，保家卫国的抗金伉俪韩世忠与夫人梁红玉在镇江黄天荡奋勇阻击，使其士气大伤。接着，南宋抗金名将岳飞在建康（今南京）与镇江之间又大败金兵。其后，抗金名将吴玠在彭原店再次挫败金兵。在节节胜利的大好形势下，南宋朝廷不但不主张乘胜追击、一雪前耻，反而重用主和之人，大肆迫害爱国人士。词人李光悲愤难平，沉重地写下这首《水调歌头》，并附有小序点明写作背景。

东归故里，途径桐江，经过东汉初年严子陵隐居的地方，触景生情，我心中颇有感慨。我求得宫观使这样一个闲散官职，打算退隐江湖、安身终老，在此写下《水调歌头》与致道唱和，同时也呈于江端友（子我）、刘一止（行简）二人。

历史上的战乱和动荡，使得吴楚之地黯淡无光，江汉一带凄凉冷清，人民饱受战争之苦。过去的英雄豪杰已经不在，只能以酒洒地祭奠他们。南顾豺狼当道，北望中原沦陷，时局令人深深忧虑。有什么办法呢，只能抬头问苍天，寻求答案。"我"在现实中已饱受风霜之苦，深感无奈和疲惫，只愿归去，感谢宾友多日来的关照。

他日回归柴扉闭门著书，浏览历代典籍，研究千年历史，考察三皇事迹。王羲之和朋友聚会的兰亭，依旧茂林修竹、清流萦绕，风景宜人。在湖光水色之间，一叶扁舟自由自在地游荡，让人心向往之。那些像骑鲸客一样遨游四海的人，为何要回到南荒呢，那里只能让人壮志未酬。

李光在宋徽宗统治时期进士及第，与李纲、赵鼎、胡铨并称"南宋四名臣"。他们都是主战派，先后被贬谪到当时的蛮荒之地。这首《水调歌头》，上片沉痛，下片超越，整首诗充满了深沉的历史感、壮志未酬的悲愤感，慷慨激昂，寄意深长。

词中"南顾豺狼吞噬"中的"豺狼"不是实指，而是一种比喻。以"豺狼"来形容凶狠残暴之人古已有之，如《孟子·离娄上》中的"嫂溺不援，是豺狼也"，《后汉书·张纲传》中的"豺狼当道，安问狐狸"，《三国演义》第三回中的"董卓乃豺狼也，引入京城，必食人矣"……两宋之际，战乱频繁，"豺狼"二字更是频频出现在诗词中。

古人很熟悉豺这种动物，经常将其与虎、豹、狼并列，作为猛兽的代表。与豺有关的成语也较多，比如豺狐野心、豺狼当道、蜂目豺声、豺虎肆虐、党豺为虐、豺狼之吻、鸢肩豺目，多为贬义。

作为"豺狼虎豹"中最神秘的动物，豺有什么特点呢？为什么被排为"老大"？

豺是哺乳纲、食肉目、犬科、豺属动物，也叫亚洲野犬、豺狗、红狼。需要注意，中国民间俗称的"红狼"，同时也是北美的另外一个犬属物种 Canis rufus 的中文正名，容易搞混。

豺的体形大小介于狼与狗之间，外观与狐狸、狼、狗都有些相像，尤其像灰狼和赤狐的混合体；体长1米左右，尾长约0.5米，体重15~32千克；主要分布在亚洲地区，喜欢生活在丘陵、山地及森林地带，其巢穴通常隐匿于山洞或低矮的灌木丛中；主要猎物是大中型有蹄类，比如羊、鹿、马、野猪和野牛；喜群居，豺群成员通常包括5只以上个体；行动快速诡秘，常常选择在晨昏活动；豺一般在秋冬季繁殖，妊娠期60天左右，每胎一般可以产下幼崽3~6只。

豺是高度群居的肉食动物，一个豺群通常有5只以上的成员，多由较为强壮且"智谋"出众的"首领"带领几只到几十只不等的"团队成员"组成，成员数量最多可达30只。它们彼此团结友爱，结群捕猎，是比较有凝聚力的集体。捕到猎物后，豺群通常让幼崽先吃，其次，才轮到首领及其他成年个体。

别看豺的体形不如狼大，它们的猎物却一般是大块头。当它们结成一个比较有规模的大型豺群时，即使是作为百兽之王的老虎也要忌惮三分。擅长群体作战的它们，团队合作能力强大。

豺很聪明，在捕猎方面不是凭速度与爆发力，而是打集体战、心理战、拉锯战。当锁定一个猎物时，它们先形成团队合力，凭借威慑力、耐力以及技巧围剿猎物，它们能够以每小时40千米的速度连续追击猎物远达3千米，全面包抄猎物。有时候，猎物过于聪明，它们便会变换战术，采用麻痹战术，一般会有一只豺

最神秘的"四大猛兽"之一

豺 *Cuon alpinus*

从后部趁机跳到猎物背上，用爪子抓其屁股，不轻不重地给它挠痒痒，麻痹它，然后团队成员趁机对其进行"掏肛"猎杀。

当猎物筋疲力尽，缴械投降时，豺便会一窝蜂地奔上前去饱餐一顿，有的啃咬头部，有的撕扯四肢，有的攻击腹部，直到活生生将猎物瓜分。在群体的力量下，它们敢于抢夺豹的食物，甚至合作杀死比他们更大、力量更强的孟加拉虎。

惊人的跳跃力给了它们以弱胜强的可能性。在我们人类看来，豺的这种猎杀方式用心险恶，不符合"比赛规则"与"竞技之道"，所以人们经常以豺狼形容凶恶之人。

在豺、狼、虎、豹这4种令老百姓谈之色变的动物中，豺之所以排为"四大猛兽"之首，与其凶残、强大的群体力量密切相关。豺的体型较小，但其攻击时对猎物无情屠杀、集体分解，猎物的凄惨程度可用"支离破碎"来形容。猎物常常要承受几十分钟的"凌迟"之痛，被撕裂得体无完肤。

豺群之间分工明确，没有森严的等级制度，成员之间更像是合作伙伴，搭伙过日子。其中，有专门负责打猎的，有专门负责照顾幼崽的。它们做什么事一般有商有量，认真规划。比如，在开始狩猎之前，豺群之间会进行一个很有仪式感的"誓师大会"，彼此之间会互相触碰鼻、身体等，像是"动员"和沟通，与人类群体竞技比赛之前要互相击掌、拥抱何其相似！它们捕猎的时候，会发出召集性的嚎叫声，像在喊："加油干！伙计们！"豺的聪明之处还体现在追捕猎物时既注重集体力量，但又不蛮干，保存体力、分批追捕。比如追猎老虎，豺们常常分批次参与：一部分追捕，另一部分休息，多批次交换"候场"。最终，老虎累得气喘吁吁，命丧豺爪。豺的社会性令人惊叹。

与狼、虎、豹等动物相比，豺十分神秘。它们喜欢生活在远离人类生活区域的山林之地，甚至高海拔地区，很少与人发生正面冲突。据猎人的经验，打猎最难打到的猎物就是豺，它们生性多疑，处处小心警惕，又胆大心细，嗅觉和听觉十分灵敏，一旦嗅到危险气息会第一时间隐藏起来或逃走。人们觉得豺神秘且有灵性，还因为它们独特的"豺祭"仪式。据说霜降九月，豺会杀兽以备冬粮，先将杀死的猎物陈列在地，祭天后再食用，以感谢天地自然的恩赐，祈祷来年的"丰收"。这与古人在秋天丰收之后，杀猪宰羊祭祀天地、祖先有着相似之处。对此，《逸周书》中有记载："霜降之日，豺乃祭兽。"《吕氏春秋·季秋》也曾这样写："菊有黄华，豺则祭兽戮禽。"唐代魏澂在《五郊乐章·肃和》中也记载："豺祭隼击，潦收川镜。"当然，豺以兽祭天，也可能是人的主观认知强加到动物身上的，代表着古人朴素的自然观，用以教化人类自身。

在豺、狼、虎、豹中排名第一的豺，游泳、跳跃、攀岩样样精通，堪称犬科动物中的"运动员"，在动物界留下很多传奇。身形娇小不仅没有限制它们的发挥，反而赋予了它灵活敏捷的身手。借助崖壁上的一小块突起岩石，它们就可以飞檐走壁。由于长期在山地、丘陵、深山老林等地游走，豺的奔跑力、跳跃力得到很强的锻炼，其敏捷程度堪比猫科动物，它们成为整个犬科动物中灵活性最强的队伍。豺甚至可以原地向上跳 3 米，如果借助助跑或三级跳等方式，跳跃会更高更远。面对 5 米左右宽的壕沟，3 米左右高的障碍物或山体，它们也可以轻松越过。这样强的灵活性令其他动物望尘莫及，也使豺能轻松地跳到像羚牛这种大型动物的背上进行撕咬。

不捕猎的时候，豺便露出了如孩童一样的玩性。在原地高高跃起，然后"自由落体"用身体侧面砸向同伴，是它们最喜欢的游戏之一。进行此类游戏时，它们甚至会先伸直前腿做鞠躬状，同时咧嘴呈现笑嘻嘻的模样，好像在说"友谊第一，比赛第二""多多承让"，其憨态可掬的状态与围猎动物时的凶猛大相径庭。

由于栖息地被破坏，野生动物数量锐减，近年来，豺渐渐淡出人们的视野，但"江湖仍然有它的传说"。在我国，豺已经被列为国家一级重点保护动物。

动物明星小档案

中文名：豺

分类：哺乳纲食肉目犬科豺属

别名：亚洲野犬、红狗子

国内分布：黑龙江、吉林、河北、新疆、西藏、四川、云南、广西、江西、江苏、福建等地

特征：体形小于狼，而稍大于狐。成年豺体长约1米，尾长约45~50厘米，体重10余千克。吻部较钝，额低。尾较粗短。体色随季节、产地而异。一般呈灰棕、赤棕或棕褐色。其中有些背毛毛尖呈黑褐色。腹部棕色或黄白色。四肢与背色同，但其内侧稍淡。尾尖端黑色。

冷知识

"豺智"惊人的掏肛兽

除了善于打心理战、集体战，豺的掏肛之术也在动物的江湖赫赫有名。喜欢攻击大型动物的豺，拥有着花式、高效的战术。在围剿大型动物如马、羊、野猪、老虎时，它们有着明确的分工：一只豺跑到猎物前面嬉戏，假扮小丑，降低对方的警惕性；另一只豺跑到猎物后面，用爪子"殷勤"地抓挠对方的屁股，以挠痒痒解除猎物的戒心；待猎物放松警惕翘起尾巴，伺机而动的豺会用利爪、牙齿对其肛门痛下杀手，叼出对方的肠子。此情此景下，被进攻肛门的动物无暇逃遁也无暇进攻——负痛亡命狂奔，肠断而亡。无论是皮糙肉厚的野猪，还是令人生畏的庞然大物老虎，在豺群的掏肛术面前，一样难逃一死。

［宋］佚名·番马图（局部）

骆驼

丝绸之路上的主力军

水龙吟

南宋·汪元量

鼓鞞惊破霓裳,海棠亭北多风雨。歌阑酒罢,玉啼金泣,此行良苦。驼背模糊,马头匼匝,朝朝暮暮。自都门燕别,龙艘锦缆,空载得、春归去。

目断东南半壁,怅长淮、已非吾土。受降城下,草如霜白,凄凉酸楚。粉阵红围,夜深人静,谁宾谁主。对渔灯一点,羁愁一搦,谱琴中语。

《水龙吟·淮河舟中夜闻宫人琴声》是南宋词人、宫廷琴师汪元量关于国破家亡的伤感之作。宋恭宗德祐二年（1276），元军南下，兵入临安，三宫都做了俘虏。帝后、妃嫔及宫官等三千余人一并被押北上燕京，汪元量就在其中。途经淮河时，舟中宫女奏琴，琴声凄切，引得汪元量无限感慨嘘唏，他遂感怀而作《水龙吟》。汪元量之作，多写宋朝亡国前后之事，很有社会写实感，时人称其作品风格近似于杜甫的沉郁顿挫，堪称"词史"。《水龙吟·淮河舟中夜闻宫人琴声》用形象的语言，写出了亡国的巨变：

朝廷还沉溺在霓裳羽衣的轻歌曼舞之中，战争的血雨腥风骤然降落，城外惊天动地的战鼓打破了这一太平景象。海棠亭北，一阵凄风苦雨。欢歌艳舞中断，一片凄惶的哭声，这被掳去的经历是何等的悲苦！骆驼背上的人儿泪眼模糊。押解的铁骑，一路巡防一路催逼，让人一直惊悸不定。城外的一场冷宴，使人无比感伤；辞别古都，是那么仓皇急促。帝后所乘的锦帆龙舟，空载一片春色归去。

江南半壁江山美丽如画，可叹江淮两岸被拱手相送，已非吾土。受降城下，白草干枯如茫茫秋霜，无尽的凄凉酸楚。帝王、侍臣、后妃、宫女等人原本身份贵贱不同，而今皆为囚徒，大家在狭窄的小舟中拥挤着入眠，又怎能分辨谁是高贵的嫔妃，谁是卑贱的奴仆？山河破碎，彼此之间已不分宾主。唯独那位满怀愁

绪的宫女，对着一点渔火弹拨着琴弦，以琴声倾诉难言的悲情，让人感慨顿生。

词的上片描写南宋灭亡，君臣及宫人狼狈被俘的情境；下片抒发词人北行途中的亡国之痛、去国之戚，痛惜江山易主的悲哀。作者写亲历之事，抒郁结之情，情真意切，全词充满了沉郁苍凉的气氛。

词中，汪元量以"驼背模糊"描绘了亡国者伤心绝望、泪如雨下的场景，十分形象贴切。骆驼在这里，不仅是一种动物，还代表着被俘者的离乡别土、羁旅行役之感。被称为"沙漠之舟"，足迹遍及西域各国的骆驼，是一种什么样的动物呢？

骆驼，属于哺乳动物纲、偶蹄目、骆驼科、骆驼属动物，根据形态不同，可分为单峰驼和双峰驼两种，亦名橐（tuó）驼、"沙船""沙骆驼"。双峰驼主要分布在亚洲及周边较为凉爽的地区。内蒙古阿拉善盟是我国双峰驼的主要分布区，有"驼乡"的美称。

野生双峰驼躯体高大，体长约1.8米，肩高1.5米左右，体色金黄色到深褐色，寿命为35~40年。在长期的进化过程中，其机体构造、器官功能及生活习性适应了独特的荒漠条件，它们可以在干旱、风沙大、昼夜温差大、食物短缺的恶劣环境下生存。骆驼被公认为"上帝创造的奇迹"，一身特殊的"装备"好像是为沙漠而生：

宋词奇物说

野生双峰驼　*Camelus bactrianus ferus*

其一，骆驼皮毛厚实，抗寒耐热，皮肤的汗腺机能特别强大，有一套"自给自足的保温系统"，可以抵御沙漠地带的酷热酷寒。

其二，骆驼蹄大如盘，两趾、跖有厚皮，足垫厚，适合在沙漠里长途跋涉，是沙漠行走中的佼佼者。

其三，骆驼背上的驼峰是大容量"加油站"，内蓄脂肪可以转化为能量，这让它们拥有了忍饥耐渴的能力。在不进食的情况下，骆驼靠着驼峰里储存的能量，可生存一个月之久。骆驼的胃有三室，遇到沙漠中的绿洲，它们可以大量饮水贮存，一头双峰驼能够在 10 分钟之内喝下 100 多升水，相当于 200 多瓶 500 毫升装的矿泉水。骆驼具有储水与节水两大法宝，有着属于自己的独特的体内水循环，即使干渴难耐，身体流失水分达体重的 30%~40%，也不会对肌体造成较大伤害。

其四，骆驼有双重眼睑和浓密的长睫毛，鼻子能自由关闭，便于抵御风沙，即使在黄沙狂风中也能辨向识途、游走采食。

最后，骆驼的采食能力强。它们体高颈长，嘴尖齿利，灵活性大，向上能啃食乔木，向下能采食短草和灌木。骆驼的口腔内壁分布着许多角质化的突起物，这些突起物非常坚硬，可以让骆驼轻松吃下粗硬、带刺的植物。

提起骆驼，大家自然而然会想起"沙漠之舟"这个美称。在骆驼的帮助下，人类可以穿越浩瀚的沙漠，拥抱更广阔的天地。作为交通工具，它们耐饥饿、耐炎热、耐风沙、耐寒冷，有着其他动物代替不了的天然优势。在断绝饮食的情况下，骆驼可存活70天之久。1954年，巴基斯坦探险家莫诺德教授曾骑单峰驼穿越北非的撒哈拉大沙漠无水区，在历时21天，行程944千米的漫漫长途中，骆驼未曾饮水依然精神抖擞。

  在恶劣的生存环境中，骆驼不但抗压能力突出，而且方向感很强。它们在沙漠中是出色的导航员，能够在没有路标的荒漠中自由行走，不仅不会迷路，还能提前预感到沙尘暴，及时向人们示警，提醒随行者预先做好防风沙的准备。

  此外，骆驼的嗅觉也非常灵敏，既能嗅到来自远处的潮湿气味，带人们找到水源或食物；也能及时感知到其他食肉动物的危险，迅速发出警报。正是因为拥有这些生存优势，普通人进入罗布泊无人区基本难逃一死，野骆驼却可以活下来。在罗布泊的高温、酷寒、沙子和盐碱地面前，上百万元的交通工具常常不堪一击，野骆驼却可以轻松通行。元代陈孚曾写了一首《居庸叠翠》的诗描述骆驼的坚毅刚强、吃苦耐劳、步履稳健："断崖万仞如削铁，鸟飞不度苔石裂。嵯岈老树无碧柯，六月太阴飞急雪。寒沙茫茫出关道，骆驼夜吼黄云老。征鸿一声起长空，风吹草低山月小。"

  作为丝绸之路的主力军，骆驼也是东西方文化交流的符号之一。千百年来，骆驼穿越风沙，长途跋涉，相伴着不同的商队，服务着经贸汇通、文化交流，对人类文化的繁荣做出了特别的贡献。探索丝绸之路，就如同打开一扇时光之门——大漠孤烟，长

河落日，成群的骆驼成为特别的景观；东来西往的官民商旅，乘着"沙漠之舟"，和着驼铃声声，吟唱着新奇的西域歌乐；千万只骆驼驮着陶瓷、香料、橡胶、丝绸等，在中国与西域各国间勾勒出一条商贸往来和文明交流之路。

中国的骆驼历史至少可以追溯到2000多年前。据《山海经》记述，在"虢（guó）山其上，其兽多橐驼，有肉鞍，知水泉所在""阳光之山多驼，善行流沙中，日三百里，力负千觥"。目前无从考据《山海经》所提到的"驼"是野驼还是家驼。不过，到了殷商时代，《逸周书》记述，周代西北地区的小国向皇室贡献的珍畜中就有驼（双峰驼），稍后驼又随着商业交往进入中原地区，说明周代的周边国家已经在驯养家驼了。

随着畜牧业的发展，骆驼开始成为家畜中的成员。战国时期，养骆驼和马，已经是很普遍的现象了。《战国策》谈到燕国的"橐驼良马，必实外厩"。这是说骆驼和骏马在北地已是重要家畜。最早的骆驼文物见于罗布泊采集的战国时期青铜骆驼、湖北江陵望山2号墓出土的战国双峰驼铜灯，以及秦始皇陵陪葬墓出土的金骆驼。汉代初期，我国养驼业迅速发展。据《汉书》记述，汉代为了发展边疆地区农业生产，采取休养生息政策，鼓励和支持牧民养殖骆驼，在宫廷设置"牧橐令丞"官职，专门饲养骆驼。汉景帝时，在西北地区建立了很多牧场繁殖和发展骆驼。汉代统治者认识到，欲征服边疆民族，必须发展养驼业，以适应沙漠战争的需要。《汉书·西域传》记述当时新疆天山南北养驼业发展盛况："民随畜牧，逐水草，有驴、马，多驼。"骆驼的繁殖并用于运输工具，促进了边疆和内地的文化交流。

  如果说汉代只在新疆等偏远地区养骆驼，到了隋唐，内地也逐渐养起了骆驼。唐代养驼业不仅有直属宫廷的"官牧"，还有王公贵族、将相大臣以及地富豪绅的"私牧"。宋代，骆驼不仅出于向北方征战的需要，还主要用于运输。我们在张择端的《清明上河图》上，就能看见骆驼商队，或驼或载。而明代，官方进一步扩大养骆驼的范围，"平价市骆驼"，允许普通老百姓养骆驼。

  回顾骆驼在我国古代的养殖史，可以看到，骆驼在古人生活中发挥了重要的作用。虽然，大多数现代人只能在动物园里见到骆驼，但，骆驼从未从人们的记忆里消失。

动物明星小档案

中文名：野生双峰驼

分类：哺乳纲偶蹄目骆驼科骆驼属

别名：野驼、野骆驼

国内分布：目前仅残存于新疆塔克拉玛干沙漠东部，阿尔金山北麓及阿奇克谷地，噶顺戈壁，外阿尔泰戈壁（蒙古戈壁）同我国新疆、甘肃和内蒙古交接的边境一带。

特征：成年驼体型较家驼小，体长约1.8米，肩高约1.5米。体背具双峰，驼峰短小常侧倒，四肢细长。尾较家驼长，达10厘米，尾毛密。体毛沙黄褐色。

冷知识

骆驼为什么被称为"全兽"

骆驼外形汇集了十二生肖的特征，耳朵为圆形似鼠耳，蹄子像牛蹄，牙齿似虎牙，上唇有豁口像兔唇，脖颈弯曲细长像龙颈，眼睛较圆像蛇眼，皮毛厚实、飘逸如马鬃，头小，脸鼻犹如绵羊，毛色棕黄近似于猴子，后腿肌肉发达强壮形如雄鸡，腹部前阔后细类似狗腹，尾巴细短有时上翘弯曲似猪尾。

［宋］佚名·雪阁临江图（局部）

鼍

鳄鱼家族中的"乖孩子"

贺新郎

南宋·张元幹

曳杖危楼去。斗垂天、沧波万顷，月流烟渚。扫尽浮云风不定，未放扁舟夜渡。宿雁落、寒芦深处。怅望关河空吊影，正人间、鼻息鸣鼍鼓。谁伴我，醉中舞。

十年一梦扬州路。倚高寒、愁生故国，气吞骄虏。要斩楼兰三尺剑，遗恨琵琶旧语。谩暗涩、铜华尘土。唤取谪仙平章看，过苕溪、尚许垂纶否。风浩荡，欲飞举。

《贺新郎·寄李伯纪丞相》是宋代词人张元幹的词作,写于绍兴八年(1138)冬,秦桧、孙近等人筹划与金议和之际。题目中的李伯纪丞相即李纲,曾被宋高宗起用为宰相。李纲为相后,积极改革弊政,坚决抵抗金兵侵扰,但备受打击、排挤,仅任七十多天宰相就被罢免。1138年,李纲在福州上疏反对朝廷议和,张元幹得知后作《贺新郎·寄李伯纪丞相》。此词抒发了山河破碎、"气吞骄虏"的壮志难酬,以及对李纲坚决主战的行动表示敬仰与支持,劝诫统治者吸取前朝遗恨:

携着手杖,独自登上高楼。只见夜空星斗下垂,江面波涛万顷,月光流泻在烟雾弥漫的洲渚。江风飘拂不定,吹散了天上的浮云,江面无以乘舟夜渡。雁儿飞落在芦苇深处夜宿。痛心于国家山河破碎,徒然形影相吊。这时,只听到人间发出的鼾声像敲打鼍(tuó)鼓。众人皆醉,还有谁肯伴我乘着酒兴起舞,共商恢复中原之事?

十年前,高宗即位。不久后,金兵进犯,攻占了高宗的行都扬州。昔日繁华犹如一梦。夜倚高楼,只觉寒气袭人,高处不胜寒。远眺满目疮痍的中原大地,不由满腔愁思,恨不得一口气吞下骄横的胡虏。要积极抗金,像汉代使臣傅介子提剑斩楼兰王那样对付敌人。和议将会遗恨千古,切莫像王昭君弹出的琵琶怨语那样留下怨恨。哎,怎奈和议几成定局,虽有宝剑也不能用来杀敌,只能使它白白地生锈化为尘土。我请您(以"谪仙"李白来比李纲）来评论看看，爱国之士能否就此隐退苕溪垂钓自遣？长风浩荡，我雄心勃发，欲伴着满腔豪情乘风飞举。

词中，张元幹以"鸣鼍鼓"来形容鼍声，十分形象贴切。频频走入宋词的鼍，是一种怎样的动物呢？

鼍是古人对现在扬子鳄的称呼，"扬子鳄"这个称谓来源于其生活常居地——长江中下游流域（长江中下游曾名为"扬子江"）。

鼍（扬子鳄）被称为爬行类的"活化石"、生物进化史上的"老寿星"，它们曾经和恐龙一起生活在古老的中生代，其骨骼与恐龙类的骨骼颇为相似。在长期的演化史上，鼍从陆生动物变为水陆两栖动物，可谓见多识广、身经百战，称得上记录地球演变与生物进化的"天书"。强大的适应能力，使它在地球上经历一次次挑战，其远祖所处年代可追溯到2亿年前的三叠纪。

扬子鳄的名字也有着明显的时代痕迹。早在甲骨文时期，"鼍"的称谓就已存在。《说文解字》对它的解释是"水虫，似蜥易（蜥蜴）""其甲如铠，皮坚厚"。"鼍"是一个有趣的象形字，仔细看：两个"口"就像两只眼睛突兀地长在头顶，中间部分像动物，体表布满鳞甲，最后的"乚"像尾巴长而有力，这个字俨然就是一条惟妙惟肖的扬子鳄。元、明、清时，扬子鳄常被非常接地气地称为"猪婆龙"，大概是形容它们像长着猪嘴的龙或声音近似于猪叫。蒲松龄在其名作《聊斋志异》里，就叙写了一种叫"猪婆龙"的水中生物与人类的故事。现代，老百姓常叫它"土龙"（与其善于打洞有关）。

扬子鳄属于爬行纲鳄目鼍科（短吻鳄科）的大型两栖动物，又称中华鼍、中华鳄，是中国特有的一种小型鳄类，被列为国家一级重点保护野生动物。成年扬子鳄身长约1~2米，体重30~45千克，寿命可达60岁以上。它头部扁平，四肢粗短；前爪有五指，比较锋利，利于抓、刨；后趾有四趾，趾间有蹼，便于游水；尾长占据整个身体的一半，可像船桨那样推进身体前进并掌控方向，尾巴是它重要的游泳、攻击和自卫武器。被称为"铜头铁尾豆腐腰"的扬子鳄皮肤粗糙，体表覆有排列整齐的鳞甲，鳞片上具有很多颗粒状或带状纹路。

扬子鳄喜欢安静的环境，它们特别懒，行动起来很慢，热爱睡觉。它们白天常伏睡在林荫之下或隐居在洞穴附近的岸边，有时仅头部漂浮在水面上，看上去很"佛系"。到了晚上，夜深人静的时候，它们才慢悠悠地外出觅食。它们喜欢吃水生动物，如螺蛳、鱼、蚌、虾；也会捕食蛙、蛇、鸟类等。它们的牙齿不发达，为多换性同型齿，这种牙齿只能将食物撕碎吞食，没有咀嚼、切断食物的功能。因此，它们会像鸡、鸭一样，吃一些小石子在胃里，靠搅拌机一样的胃收缩能力，磨碎骨头、甲壳类物体。

扬子鳄一般在每年11月至次年4月冬眠，5~10月份"重出江湖"。5~6月份，是扬子鳄的求偶和交配时间，雌性每次可以鳄鱼家族中的"乖孩子"

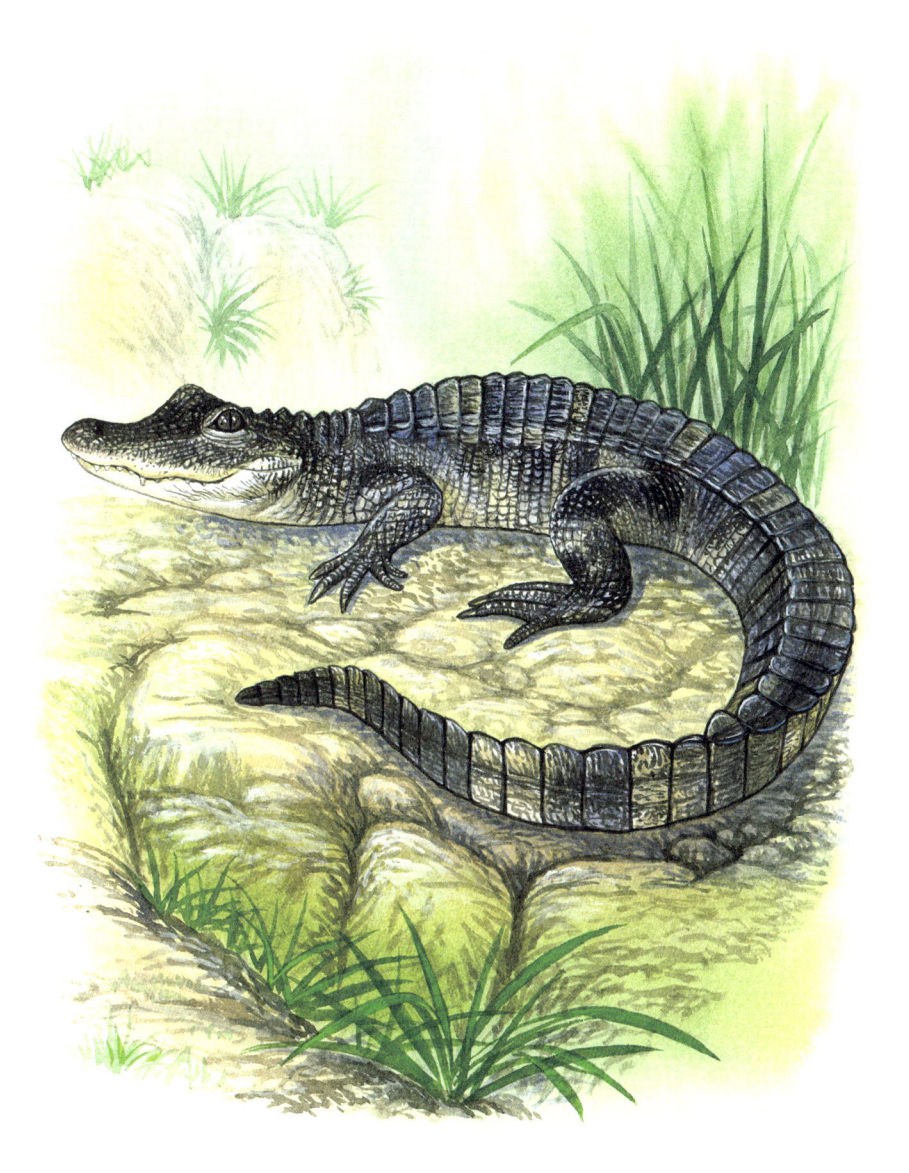

扬子鳄　*Alligator sinensis*

产卵 10~40 颗。作为两栖动物，扬子鳄纵横于水陆两域，无论是爬行或游泳都很敏捷。

扬子鳄是"伟大的建筑师"，具有高超的挖洞打穴本领，可以徒手打造神奇的"地下迷宫"，用以栖息、逃避危险和冬眠。其豪华别墅选址一般在河岸，包括洞道、天窗、卧台等部分。它们为自己建造的"家"纵横交错、曲径通幽，长度可达二三十米。其洞穴常常设计多个应急出口，进出通道既有陆路又有水路（通往池塘与岸上），用以满足出入、通气、逃避敌害或适应不同水位等需求。此等"豪宅"自然备受瞩目。一旦扬子鳄乔迁新居，这些被废弃的洞穴就会被其他动物占为己有。

扬子鳄对天气很敏感，常常可以进行精准的降雨预测。唐代诗人张籍在《杂歌谣辞·白鼍鸣》中写道："天欲雨，有东风，南溪白鼍鸣窟中。六月人家井无水，夜闻鼍声人尽起。"此诗描述的场景是：六月酷热，天气干旱了很久，大家都急切地盼着一场及时雨。一天夜里，扬子鳄（鼍）突然开始吼叫，人们都欢呼雀跃地起床庆贺，等待下雨。因为，扬子鳄有下雨前集体吼叫的习性。长江下游的一些村民，还保留着依靠扬子鳄判断天气的习俗。

受一些影视作品影响，鳄鱼形象通常是凶猛残暴的，它们体型庞大、攻击性强、血腥暴力，是"顶级掠食者"，连狮子和水牛都能被成功咬死，让人望而生畏。

鼍

鳄鱼家族中的"乖孩子"

作为鳄鱼家族的一员,尽管"亲戚们"几乎个个是"霸王",扬子鳄却堪称另类。在23种鳄鱼里面,扬子鳄的体型属于"小个子",仅比侏儒鳄大不了多少。乍看起来,扬子鳄体表粗糙,好似披着满身盔甲,牙齿寒光凛凛让人望而生畏,外表的确有点"凶神恶煞",但是,它们软萌、胆小、性情温顺,一般不会主动攻击和伤害人。

网络上曾流传一些扬子鳄可爱的名场面:一位老奶奶在河边洗衣服,一只扬子鳄就呆头呆脑地待在附近,被老奶奶扔过来的石头砸了脑袋不敢动;扬子鳄因为它"凶悍"的外表,导致战斗力被严重高估,其实,它有时甚至连鸭子和鹅都打不过;还被前来保护它们的环保人员捏着嘴壳子、拎着尾巴拖上卡车,被迫搬家越冬。当然,扬子鳄虽然胆小温顺,但也不是一点攻击性都没有。不要在它们捕食时招惹它们,它们虽然看起慢吞吞,但捕食速度十分快,可以利用瞬间蹿起的速度,一口咬住猎物。当然也不要在繁殖期招惹它们,为了保护鳄类幼崽,它们也是父(母)爱爆棚,会突然发起攻击,特别是产蛋的雌鳄,还会有护巢行为。

鼍在古诗文中常以"鼍鼓"的形式出现。作为礼乐器的"中国第一鼓",鼍鼓被称为万鼓之源、礼乐之基。其鼓腔以整段原木挖制,鼓面覆以鳄鱼皮,声音洪亮深远。这种用天地之木搭配神兽之皮的鼓,常出现在打猎、祭祀、战争等庄重的场合,用以鼓舞士气、渲染气氛,充满了仪式感,如唐代温庭筠的"鼍鼓三声报天子,雕旗兽舰凌波起",李商隐的"遥望露盘疑是月,远闻鼍鼓欲惊雷",宋代曹冠的"湍砥柱,驾鳌峰,万骑轰鼍鼓",明世宗朱厚熜的"风吹鼍鼓山河动,电闪旌旗日月高"。

  扬子鳄沿袭了祖先的生活习性,喜欢生活在湖泊、沼泽、丘陵地带的水塘等地势较为低缓的湿地环境中。早年长江中下游曾是它们理想的生活区域。后来,由于自然环境变迁和人类活动干扰,原来的湿地生态平衡被打破,再加上人为捕杀,扬子鳄的生存面临严重的威胁,数量急剧减少。为了保护它们,我国建立起扬子鳄国家级自然保护区,进行野外保护和人工养殖,积极为它们创造良好的生存环境。近年来,随着相关保护措施的推行,扬子鳄渐渐恢复了以前的生命力。为了扩大扬子鳄的野生种群,2003年起,扬子鳄主要栖息地区之一的安徽省,开始进行试验性野化放归活动。2019年起,安徽扬子鳄国家级自然保护区开始在多个保护点大规模野放人工繁育的扬子鳄。目前,安徽扬子鳄国家级自然保护区已经向大自然放归了1000多条扬子鳄。放归的扬子鳄还被植入电子芯片、卫星追踪器等科技产品,以便识别身份信息或监测野外活动状况。

动物明星小档案

中文名 扬子鳄

分类 爬行纲鳄目鼍科鼍属

别名 土龙、猪婆龙

国内分布 中国特有，仅限于安徽、江苏、浙江三省毗邻长江及其支流的一些地区

特征 一般体长约1.5米。吻短而平扁，前端钝圆。下颚齿每侧少于20枚，第四下颚齿嵌入上颚的一个凹槽内，口闭合时，第四下颚齿不显露。

冷知识

扬子鳄是所有鳄类中唯一会冬眠的种类

扬子鳄是唯一具有冬眠习性的鳄类，它们一般在每年10~11月份开始进入冬眠状态，到次年4~5月份才苏醒。扬子鳄的食量很大，也有很强的抗饿能力。平时，它们吃！吃！吃！冬眠期间，它们就睡！睡！睡！不进食，不排泄，借助贮存在体内的大量营养物质度过漫长的冬眠期。当气温回升到12℃以上时，沉睡中的扬子鳄会逐渐苏醒，缓缓爬出洞穴，去地上享受"日光浴"，加快新陈代谢。然后，开启新一轮的"大胃王"行动。

[宋]佚名·古木竹石图（局部）

河豚

遇到危险就「气鼓鼓」

南乡子

北宋·王之道

春霁柳花垂。娇软轻狂不待吹。
圆欲成球还复碎,谁为。
习习和风即旧知。
深院日长时。乱扑珠帘入坐飞。
试问荻芽生也未,偏宜。
出网河豚美更肥。

宋词奇物说

春天,是不止一面的千面女郎,有人从中看出了草长莺飞的生机、动感,有人从中看出了万紫千红的明媚、缤纷,有人从中看到了风和日丽的山水秀美,有人从中看到了物是人非的人间沧桑。在《南乡子·用韵赋杨花》一词中,生活在南北宋交替之际的词人王之道为我们勾画出安静、悠闲又生机勃勃的春日景象。他眼里的春天,是这样的:

春雨初晴,柳花轻柔地垂挂着,它们柔软、娇嫩、轻盈,不需要风的吹拂便呈现出婀娜多姿、袅袅婷婷之态。柳花似要成形却又散开,这种生长与消散的交替,似乎无人可以主宰,一切都是自然界自身运行的规律。微微的和风吹过,仿佛旧日相知。

在深深的庭院里,日影逐渐加长。风儿杂乱地拍打着珠帘,仿佛有人进进出出。试问荻芽破土而出了吗,现在正是它们生长的时候。水中的河豚在网中盘旋,肥美诱人。

整首词景物描写细腻生动,通过对杨花、柳絮、春风、庭院、荻芽等事物的形象描写,展现了词人对自然美景的独特体验。整首词以春天的景象为背景,又自然融入了对生命与人生的思考,优美隽永、意境清新,极富情趣、理趣与画面感。

《南乡子·用韵赋杨花》一词中,王之道不但勾勒了春日盛景,也写了人间美味——河豚。不过,河豚虽然美味,却有毒。

河豚，是硬骨鱼纲鲀形目鲀科鱼类，俗称鲀鱼、气泡鱼、吹肚鱼、气鼓鱼等，学名为河鲀。不同地方，河豚的称谓是不同的。在广东，人们叫它乖鱼或鸡抱；在广西，它的名字被改为龟鱼；在山东一带，人们习惯称它为艇巴；在河北一带，它又被唤作腊头。

河豚种类繁多，有200多种。我国境内大概有40余种，常见的是红鳍东方鲀和暗纹东方鲀。河豚规格大小不一，体长一般在25~35厘米，较大者可达60~80厘米。不同的河豚体重差别较大，小的有250克，大的有20千克。

河豚是一种洄游鱼类，其生活环境既包括淡水，也包括海水。在我国，河豚主要分布在温带、热带、亚热带海区，每年清明节前后多从大海游至长江中下游。河豚味道丰腴鲜美，营养丰富，与鲥鱼、刀鱼并称为"长江三鲜"，但其肝脏、鱼子、血液、生殖腺等有剧毒，若处理不当，食后易中毒。

河豚口小头圆、外形呆萌，背部黑褐色，腹部白色，被抓起来后能发出哼唧哼唧的声音，颇像猪的哼哼声。它们不但声音像猪，头部也与猪神似，在古代，豚指小猪，古人叫它"河豚"，似乎有"河中小猪"的意思。河豚身体呈椭圆形，前部钝圆，尾部渐细；眼睛一般呈蓝绿色，能够随着光线变化而变色；喜食鱼、虾、蟹、蛤蜊、牡蛎、海胆、贝壳类，大多体形短小，行动迟缓；

宋词奇物说

红鳍东方鲀　*Takifugu rubripes*

河豚皮坚韧而厚实，曾经被人用来制造头盔。

物竞天择的大自然，残酷的生存竞争是无法避免的。为了化解身体的劣势，呆萌的河豚拥有特别的自我保护方式——遇到外敌威胁时，它们可以依靠吞噬空气或水使自己的身体膨胀，不但腹腔气囊迅速膨胀，皮肤上的小刺也会竖起，身体会膨胀成多刺的圆球，使对方很难下口。

通过形体的变化吓走敌人或让对方难以下口是河豚保护自己的第一招，如果不行，它们还有第二招——放毒。河豚的肝、生殖腺、鱼子和血液都有剧毒，危急时刻，河豚会通过皮肤黏液将毒素溶解在水里，凡是靠近它的生物都会被水中的毒液毒翻。作为"毒林高手"，河豚掌管的毒素是一种神经毒素，可以让对方全身麻痹，四肢僵硬，甚至丧失呼吸功能。16毫克的河豚毒素，就足以使70千克重的人毙命。而且，这种毒素特别耐热，在100℃环境下，8个小时都不会被破坏。

作为放毒高手，河豚对于自身毒素有一定的抵抗力，但它们只是对毒素的耐受力极强，并不代表可以完全实现"毒素自由"。若是使用不当，它也会"走火入魔"，难逃危险。聪明的河豚在放毒时一般像做数学题那样计算好数量与比例，一旦投毒过量，它也自身难保。有时候，河豚难免会意气用事，一不小心害了自己。如果我们有意去挑衅一只饲养在鱼缸之内的河豚，它很可能会中激将法,"盛怒之下"将包括自己在内的一缸鱼全部毒杀。

一面是"毒门绝技",一面是至鲜至美,集人间美味和世间剧毒两种特性于一身的河豚,让人们爱惧相并。河豚在中国曾被严禁流入市场,直到 2016 年,中国养殖河豚生产经营可以有条件地放开。它被越来越多的人端上了餐桌。

其实,河豚早早就被喜欢美食的古人发现是"人间美味"了。在古老的《山海经》里,就有河豚的记载,被称为"赤鲑(guī)",后人给它的注解是"食之杀人",这说明古人已经知道河豚有毒了。明代医学家李时珍著的《本草纲目》中,也有关于河豚味美和有毒的记载:"河豚有大毒,味虽珍美,修治失法,食之杀人。"

尽管河豚有毒,也无法阻止中国人喜欢吃它的热情。从汉代起,就一直有食用河豚的记载。汉代名医张仲景的《金匮要略》中收录了"鳆鲗鱼中毒方",说明当时有人吃河豚而中毒。到了宋代,苏轼、辛弃疾、范成大、梅尧臣等人都对肉质肥美的河豚美味赞不绝口,并"打卡"了河豚的 N 种吃法,为读者呈现了河豚背后的民间文化。

尤其是资深"美食博主"苏轼,与他相关的美食不但有大名鼎鼎的"东坡肉"、东坡豆腐、东坡羹、东坡饼,更有"也值一死"的河豚。据说苏轼谪居常州时,当地一家饭店的河豚做得特别好,店家邀请苏轼来品尝,顺便"蹭点流量",给自己打打广告。苏轼到了后，对着一盆河豚大吃特吃，就是一言不发。静候苏轼发表高见的店主没有等来高谈阔论，只等来了他的一声长叹："也值一死！"苏轼"拼死吃河豚"的故事，总让后人好奇河豚到底有多美味，才能让苏轼对它欲罢不能。

元代和明代，江南地区甚至将河豚奉为食界至尊。河豚宴甚至还走入明代的宫廷。历代骚人墨客对河豚的题咏，民间传说对河豚的记载，都为河豚贴上美味的标签。

"不食河豚，焉知鱼味""一招食得河豚肉，终生不念天下鱼""长江三鲜美，河豚第一鲜"，古往今来，河豚的美味被人津津乐道。人们甚至夸张地说："河豚是第一鲜。""吃了河豚，再也不想吃天下其他鱼啦！"

蜜糖与砒霜一念之隔，河豚自己恐怕也想不到，与人类博弈上千年，即使偶有人食之中毒，仍然挡不住狂热的"吃货们"对它们的追捧。在我国，已知河豚种类有三四十种，但被允许食用的仅有暗纹东方鲀与红鳍东方鲀两种。现在能吃的河豚大多是经过培育的去毒品种。近些年，我国开放了部分养殖河豚为合法食材，可以从源头（基因方面）就控制毒性。作为舌尖上的美味，其安全系数已相对较高。

不过，事物都有两面性，河豚毒素是自然界最剧烈的毒素之一，其毒性相当于氰化钾的1000多倍，大家都知道，处理不

宋词奇物说

当或盲目食用河豚后果严重,但很少有人知道,若是合理提取河豚毒素,在医学领域,它们也将治病救人。这种每克售价高达五六十万元人民币的河豚毒素,在医疗上可以作为一种高级麻醉和镇痛药物,甚至还是戒毒良药。

动物明星小档案

学名 红鳍东方鲀

分类 硬骨鱼纲鲀形目鲀科东方鲀属

别名 黑艇鲅、黑腊头

国内分布 东海、台湾沿海、黄海和渤海

特征 身体呈现亚圆筒锥形，头胸部粗圆，微侧扁；躯干后部渐细；尾柄圆锥状，后部渐侧扁。体侧下缘各侧有一纵行皮褶。头大，吻长，眼稍小，侧上位眼间隔宽，稍圆突。鼻瓣呈卵圆形突起，位于吻中部上方；鼻孔每侧2个，紧位于鼻瓣内外侧。口稍小，前位，呈横浅弧形状。上下颌牙呈喙状。唇厚，有细裂纹，下唇较上唇长。鳃孔大，乳白色。

冷知识

此豚≠彼豚

河豚、海豚和江豚，虽然名字中都有"豚"，但它们并不是同类或近亲。河豚是鱼类，而海豚和江豚是哺乳动物。

大多数河豚体形短小，体长一般在25～35厘米。它们口小头圆、行动迟缓，遇险善于"变身"膨胀，有剧毒。

海豚体形较大，体长约1.5～10米，体形圆滑、流畅，是天才的表演家，游速较快并善于表演"水上杂技"，其跃水腾空之姿颇为壮观。

江豚俗名江猪、河猪、海猪、海和尚，体长1.2～1.6米，全身铅灰色或灰白色，身体呈流线型，中部最粗；性格比海豚内向，喜欢单头或成对活动；喜欢"兜风"，常常在大风大雨到来之前"顶风"出水，以"拜风"的形式露出水面"透透气"。长江江豚是我国特有的一种小型淡水鲸类，是国家一级重点保护动物，被称为"水中大熊猫"。

［宋］杨邦基·出使北疆图（局部）

蟾蜍

身怀『毒』门绝技

满江红

南宋·史达祖

万水归阴,故潮信、盈虚因月。偏只到、凉秋半破,斗成双绝。有物揩磨金镜净,何人拿攫银河决。想子胥、今夜见嫦娥,沉冤雪。

光直下,蛟龙穴。声直上,蟾蜍窟。对望中天地,洞然如刷。激气已能驱粉黛,举杯便可吞吴越。待明朝、说似与儿曹,心应折。

宋词奇物说

史达祖是宋代婉约派词人的代表之一,以婉丽细腻的词风知名。《满江红·中秋夜潮》一词却沉郁顿挫、激昂慷慨,充满了激荡古今的豪迈之气,与其诸多词作风格不同。这大概与它的写作背景有关。宋宁宗嘉泰四年(1204)夏,被称为南宋最后的铁血宰相的韩侂(tuō)胄(zhòu)上书宁宗,追封岳飞为"鄂王";次年(1205)四月,又追论秦桧主和误国之罪。韩侂胄崇岳(飞)贬秦(桧)之举,大幅提升了主战派的士气,灭了投降派的威风,使南宋上下抗金情绪十分高涨。身为韩侂胄的得力幕僚,史达祖也备受鼓舞。1205年,他写下《满江红·中秋夜潮》,激昂慷慨的豪气流淌在字里行间,让人读来热血澎湃,好似听到钱塘潮声激荡于耳:

滔滔江河经历千回百转,最终都会流向大海,海水的潮涨潮落与月亮的盈缺息息相关。在月亮的引力下,潮水浩浩荡荡、扑涌而来,真是无比壮观。只有等到中秋时节,皎洁的圆月与浩荡的潮水成为两种特别的景观,这两种景象交相辉映,组成了大自然的"双绝"。这时,圆月在天,好像被手艺高超的匠人重新打磨、清洗的镜子一样,越发显得明亮澄圆。江潮铺天盖地而来,澎湃壮观,好似银河被人挖开了一个缺口奔腾而下。春秋时吴国大夫伍子胥,他死得真是冤屈啊,被不听劝谏的吴王夫差赐剑自刎。想必他看到月宫中的嫦娥,一定沉冤得雪。白浪皓月之下,伍子胥那一片纯洁无垢的心迹让人每每想来都为之动容。

蟾蜍
身怀"毒"门绝技

月光倾泻而下,直抵海底蛟龙居住的宫殿。潮声激荡,浩大的声浪直达蟾蜍藏身的月宫。广阔天地间一片洁净澄澈,好像用刷子清洗了一般。一腔豪气直冲云霄,似乎能驱走月中的粉黛。举杯酌酒,似乎一口气就能吞下吴越两国。待他日,若是我将今夜观潮看到的奇景与滋生的豪情说与你辈听,定使你们大为震撼。

钱塘江大潮是受月球引力作用的潮汐现象,每年农历八月十五之际涌潮最大。中秋佳节前后,观潮者蜂拥而至,争相目睹"钱江秋涛"的奇观,可谓盛况空前。钱塘江大潮气势非凡、惊天动地,有"滔天浊浪排空来,翻江倒海山可摧"之势,堪称天下奇观。观赏钱塘秋潮,早在汉、魏、六朝时就已成为一种民间娱乐。至唐宋时,此风更盛。很多文人写下观潮盛景,如唐代李白的"浙江八月何如此? 涛似连山喷雪来",宋代潘阆的"别来几向梦中看,梦觉尚心寒",苏轼的"寄语重门休上钥,夜潮留向月中看",辛弃疾的"看红旆惊飞,跳鱼直上,蹙踏浪花舞"。史达祖的《满江红·中秋夜潮》之所以让人读来热血澎湃,除了形象地描绘了中秋之夜观潮的盛况,还托景抒怀、借古喻今,浸透着一份特别的豪情壮志。

为了渲染潮水汹涌奔腾的气势,词人以"声直上,蟾蜍窟"来形容。蟾蜍是一种什么样的动物呢? 月宫为什么又叫蟾宫呢?

蟾蜍俗称癞蛤蟆,是两栖纲、无尾目、蟾蜍科动物,在全

宋词奇物说

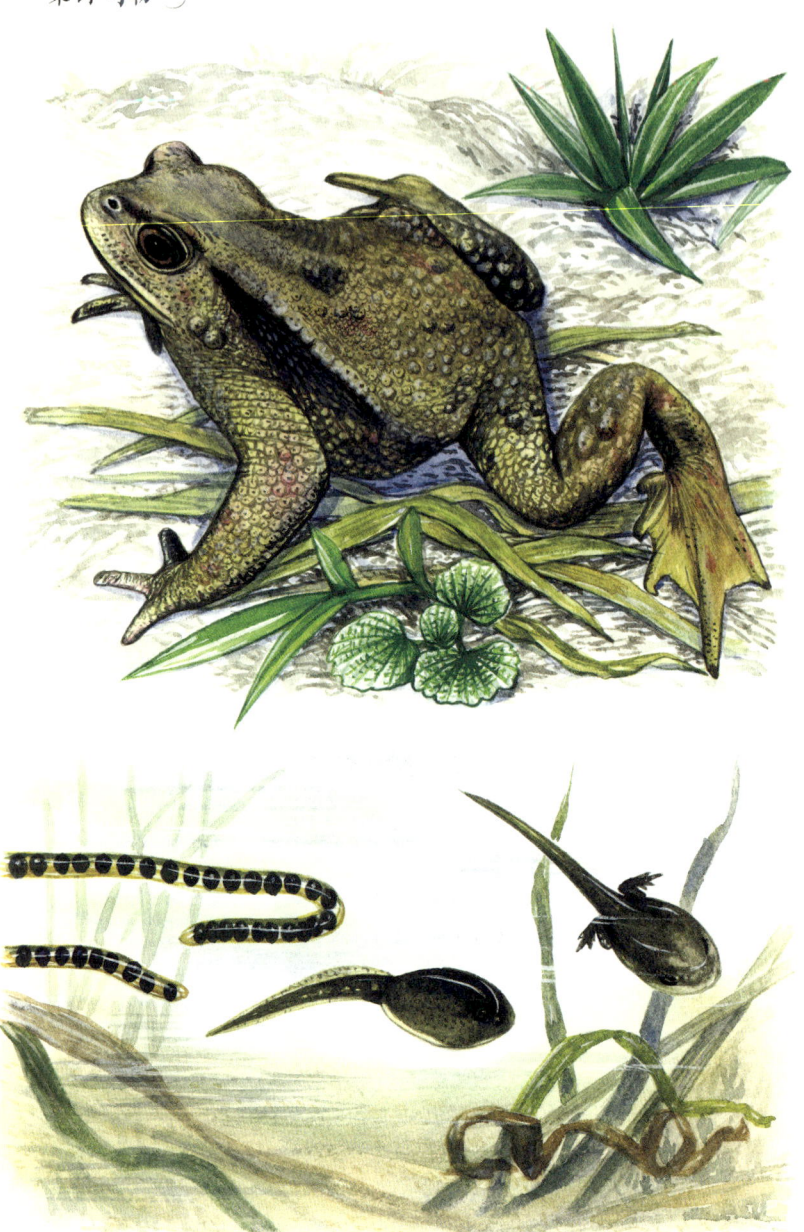

中华蟾蜍　*Bufo gargarizans*

蟾蜍
身怀 "毒" 门绝技

国各地均有分布。它们躯体短而宽，体长平均6厘米左右，最大的海蟾蜍身长可达25厘米，小型的非洲蟾蜍只有2.5厘米。蟾蜍头部宽大，眼睛大而凸出，嘴阔，四肢粗壮；皮肤厚而粗糙，体表有许多凹凸不平的疙瘩（疣），疣（yóu）内有毒腺，能分泌一种叫"蟾酥"的东西，具有药用价值。蟾蜍最大的一对疣粒位于头侧鼓膜上方的耳后腺。被敌人袭击时，耳后腺会射出毒液。蟾蜍的体表颜色不同，且会随季节变化，雌、雄之间也不同。以常见的大蟾蜍为例，雄性蟾蜍背部多为橄榄黄色，雌性蟾蜍背部则为浅绿色。

与青蛙不同，蟾蜍行动不是特别灵敏，也不善游泳，通常匍匐前行。它们大部分时间在陆地生活，只有在繁殖期才回水中交配；白天多潜伏隐蔽，夜晚及黄昏出来活动，习惯隐蔽于草丛、泥穴、水沟边、石块下、土洞中、农作物间。蟾蜍喜食甲虫、蛾类、蜗牛等，平均每天能吃掉近300只害虫，在生态环境中扮演着重要的角色。比起青蛙，蟾蜍更是农作物害虫的天敌。

蟾蜍种类繁多，分布较广，全世界约有400多种。我国常见的有中华大蟾蜍、黑眶蟾蜍（眼睛周围有一圈黑色突起，状似戴黑框眼镜）、花背蟾蜍等。在蟾蜍大家族里，还有红眼蟾蜍（眼睛颜色好似红宝石）、海蟾蜍（世界上最大的蟾蜍）、虎斑蟾蜍（寿命可超过10年）、红腹蟾蜍（腹部火红）、橡木蟾蜍、绿蟾蜍（体表大部分为绿色斑纹，像身披迷彩服）等。

在大家看来，蟾蜍的颜值并不高。提及它们，大家最常想到的是其粗糙的皮肤，密密麻麻、高低不平的疣，笨憨憨的姿态。特别是那一身暗含毒液的疙瘩，简直是密集恐惧症者的噩梦。人们对蟾蜍的"外貌攻击"由来已久，比如常用"癞蛤蟆想吃天鹅肉"来比喻人没有自知之明，痴心妄想去谋取不可能到手的东西。这种长相"一言难尽"又身藏毒素的两栖动物，为何会成为古人眼中的神兽与祥瑞之兆呢？在蟾蜍身上，又隐藏着怎样耐人寻味的故事呢？作为月宫的"C位"代言者，它们为什么又和招财进宝、官运亨通、镇宅辟邪紧密关联呢？

别看蟾蜍长得丑，却象征着多子多福呢！蟾蜍繁殖能力特别强，它们一年产两次卵，一次可产卵两万多枚，成为古人生殖崇拜的图腾之一。而且，它们浑圆而膨胀的腹部，很容易让人联想到孕妇。在自然灾害频繁、社会生产条件较低的上古时代，人们对于种族繁衍有着强烈的愿望。蟾蜍强大的繁殖能力，让人们对它产生了神秘、敬畏的心理，于是，很多人用蟾蜍来表达"求子""人丁兴旺"的愿望。古代的崖壁画、舞蹈、雕塑中，蟾蜍的图案十分常见。

在中国古代传统文化中，蟾蜍是一种能带来财富的神兽。民间有"刘海戏金蟾，步步钓金钱""凤凰非梧桐不栖，金蟾非财地不居"等传说故事。传说刘海（被道教尊为全真道北五祖之一）得道成仙之前，曾降伏很多妖精。其中一个以金为食的妖精

蟾蜍
身怀"毒"门绝技

被打回原形,现身为三只脚的蟾蜍。金蟾后来顺服了刘海,伏妖助人。它吃进富人的金银财宝,与刘海一起散发钱财周济穷人,招财金蟾由此扬名。当然,蟾与钱谐音也可能是原因之一。后人喜欢在屋里摆放用金、铜等金属制作的三足蟾,寓意喜庆吉祥、财源兴旺。时至当下,刘海左手持三足金蟾,右手持钱币的形象仍然常被作为传统年画的重要素材,寓意发财、富贵。而且,招财金蟾摆件也走进了千家万户,在许多公司、商铺的收银台前总能看到它们口衔钱币,端坐台上。

蟾蜍也是月宫的重要代言者。古代诗文中,"玉蟾""蟾宫""蟾钩""蟾盘"常被用来指代月亮。战国时期就有相关文献记载,人们眺望月亮可以看到一个形似蟾蜍的影子。东汉王充《论衡·说日》中写道:"日中有三足鸟,月中有兔、蟾蜍。"在中国传统文化中,蟾蜍、玉兔、桂树并称为"月宫三吉",民间有"三吉家中坐,福财随月落"的说法。中国神话传说中,月宫有一只三条腿的蟾蜍。后人常以蟾宫指代月宫。"蟾宫折桂"这个成语,表面意思是攀折月宫桂花,实则多指金榜题名,在考试中取得较好的名次。

蟾蜍具有冬眠的习性,这本是为了躲避严寒、减少能量消耗的动物习性,在古人看来却是一种"死而复生"。后来,又有人把蟾蜍的冬眠习性与月亮盈亏联系起来,如史达祖的这首《满江红·中秋夜潮》。于是,蟾蜍在人们心中便具有了长寿不死的神性。《玄中记》中有云:"蟾蜍头生角,得而食之,寿千岁。"意思是,吃蟾蜍头可以活千年。

蟾蜍背上大小不等的疣粒看起来奇丑无比,却是珍贵的药材。《抱朴子·内篇》介绍过五种不死灵药"五芝",其中的"肉芝"即为"万岁蟾蜍"。从汉代起,国人就有五月捕蛤蟆(蟾蜍)的习俗——在人们看来,端午这天捉到的蛤蟆毒性最强,用来治病效果更佳。不止民间,皇家太医院的医官们也会参与。

蟾蜍背上大小不等的疣粒不但会吓退一些生物,它们分泌的白色毒液还含有多种生物碱和毒素。这些毒液足以毒死天敌。蟾蜍毒液中的一些物质还可引起血管收缩、心律失常、精神恍惚、行为异常。以澳大利亚的甘蔗蟾蜍为例,其毒素致幻程度是吗啡的30倍。当狗舔吮到蟾蜍分泌的白色液体,就会像吸毒一样眼神迷离、旋转跳跃、无比兴奋。当然,蟾蜍的毒性也可以"以毒攻毒",其中有些成分具有消炎、抗癌、强心、麻醉、镇咳祛痰等作用。经现代医学研究制作而成的蟾酥、蟾肝等都是中药药材,广泛用于肿瘤、心脑血管等疾病的临床治疗。

外貌"一言难尽"、身怀"毒"门绝技的蟾蜍,传奇之处多着呢!

动物明星小档案

学名：中华蟾蜍

分类：两栖纲无尾目蟾蜍科蟾蜍属

别名：大蟾蜍、癞蛤蟆

国内分布：广泛分布

特征：体长7.9~12厘米。雄者较小。全体皮肤极粗糙，除头顶较平滑外，其余部分，均满布大小不同的圆形瘰（luǒ）疣。头宽大，口阔，吻端，吻棱显著。口内无锄骨齿，上下颌亦无齿。近吻端有小型鼻孔1对。眼大而凸出，后方有圆形的鼓膜。躯体短而宽。后肢粗壮而短，趾侧有缘膜，蹼尚发达，内跖突形长而大，外跖突小面圆。无声囊。

冷知识

怎么分辨蟾蜍和青蛙？

	蟾蜍	青蛙
去哪找？	泥穴、潮湿的石头下	水边的草丛中
皮肤什么样？	皮肤粗糙，背面长满了疣粒，大部分呈褐色	外皮光滑，背上有条纹，整体呈绿色
蝌蚪长什么样？	纯黑色，身体呈椭圆状	身体形状像一颗黑色的圆润的围棋棋子
毒性如何？	疣粒有毒	通身无毒
怎么发声？	不能发声	有一对声囊，发声时口腔内气体压进声囊，使它扩大成球状，可以看到青蛙叫的时候，嘴巴两边一鼓一鼓的
有牙齿吗？	没有牙齿	上颌有一排细小的牙齿，在口腔顶部犁骨上也有两排并列横生的瘤状小突起，叫犁骨齿

161

[宋]佚名：柳院消暑图（局部）

萤火虫
提灯笼的暗夜精灵

长相思慢

北宋·周邦彦

夜色澄明。天街如水,风力微冷帘旌。幽期再偶,坐久相看才喜,欲叹还惊。醉眼重醒。映雕阑修竹,共数流萤。细语轻轻。尽银台、挂蜡潜听。

自初识伊来,便惜妖娆艳质,美盼柔情。桃溪换世,鸾驭凌空,有愿须成。游丝荡絮,任轻狂、相逐牵萦。但连环不解,流水长东,难负深盟。

"黑黑的夜空低垂,亮亮的繁星追随,虫儿飞,虫儿飞,你在思念谁?"萤火虫这种在暗夜提着灯笼飞舞的"小精灵",不但给我们提供了神奇、魔幻的光之舞,还逐渐成为具有特定文化内涵的艺术符号,在文学世界与千千万万读者心中闪耀。这种昼伏夜出、散发微光的小型昆虫,早在《诗经》中已经闪现光芒:"町畽(tǐng tuǎn)鹿场,熠(yì)耀宵行。"后来它更加频繁地出现于文人笔下。它们飞入楚辞,飞入唐诗,飞入宋词……

《全宋词》中,它们近百次闪亮登场,成为词人睹物兴情的特色意象。相伴萤火虫出现的,有欢宴嬉戏的温馨场景,有催人奋进的励志典故,有苍凉萧索的往事追忆,也有感怀忧思的复杂情怀。比如这首《长相思慢》,词人周邦彦将叙事、写景、抒情融为一体,娓娓道来了一场看似寻常但又动人心弦的故人重逢。一帧帧画面,如同电影蒙太奇一样铺展在我们面前。

入夜,一片明润清澈、幽静美丽。京城,满街月光如水。习习晚风轻轻吹过,带来薄薄的凉意。帘旌轻轻摆动、摇曳生姿。故事中的男女再次相逢之时,纵有万语千言,一时也不知如何道来,相对好久才感到喜悦自心底蔓延,感叹、高兴、惊讶等多种情绪一起发酵。这种突然的重逢既真实又虚幻,让他觉得如同置身梦中一样,久久才能缓过神来。在雕栏修竹的映衬下,两个人一边回忆前尘旧事,一边数着夏夜里的点点流萤。融融月色、流萤傍身，一切是那么温馨、浪漫又难忘。轻声细语萦绕耳畔，无限情思在心底荡漾，任那银盘上的蜡烛悄悄来听。蜡烛好像通人性，竟也为这场重逢流下热泪。

自初识，他便被女子的妩媚、艳丽所吸引。女子美眸中蓄满无限的柔情，使人为之深深倾倒。此时此刻，关于刘晨、阮肇、萧史等人的爱情传说在他心中盘桓不去，这些人曾经克服障碍与心心念念之人共度幸福时光，重建自由而美好的生活。他希望两个人之间的牵绊，如玉环相扣不解，如东流之水永无尽时，最终像桃溪换世、鸾驭凌空故事中描述的那样，达成心愿。世间的纷纷扰扰，任那些轻狂的人追逐纠缠吧！

这首词上片铺叙恋人重逢情境，词人以生动的笔触与鲜活的细节勾勒出情人重逢之际似梦还真、悲喜交加的复杂心理感受。"欲叹还惊"的情绪涌动与"共数流萤"的场景呈现，如同电影特写让人过目难忘。下片以男主人公独白的方式，直抒胸臆表达诚挚的感情。词人借桃溪换世、鸾驭凌空传说中的爱情故事表达自己的心愿，饱蘸无限深情。

周邦彦是婉约词之集大成者，被称为北宋词坛的巅峰词人，他的作品几乎成为同时代及此后词坛的标杆。丰富的意象表达让他的作品充满了画面感，比如《长相思慢》中的月亮、雕阑修竹、流萤等。尤其是喜欢在夜晚飞舞的萤火虫，不仅烘托出环境的清冷静谧，还见证着恋人的重逢，营造着浪漫的氛围，象征着感情的纯洁坚贞，凝聚着词人的灵感情思。

中国有着悠久的萤火虫文化，其暗夜之舞、微光点点不但为夜色带来星月般的光辉，还让人遐想联翩。古代文人常借萤火虫抒情达意，南北朝庾信有《拟咏怀诗二十七首·其十八》的诗中写道"露泣连珠下，萤飘碎火流"，隋代李百药的《咏萤火示情人》诗中写道"不辞逢露湿，只为重宵行"，唐代杜牧的《秋夕》诗中写道"银烛秋光冷画屏，轻罗小扇扑流萤"，唐代骆宾王的《秋晨同淄川毛司马秋九咏·秋萤》诗中写道"玉虬分静夜，金萤照晚凉"。

古人发现了萤火虫最奇特的一个生物特征——发光，并用美妙的想象和诗句，还原了一个又一个黑夜中萤火虫飞舞的美景，也在萤火虫身上寄托了自己的感情。

在这首词中，携带诗意和美感的昆虫——萤火虫，属昆虫纲（六足总纲）鞘翅目萤科。它俗称火金姑、亮火虫，还有很多有趣的别称，如夜光、景天、宵烛、耀夜。它们虽然小，但是身上色彩华丽，它们的外皮很坚韧，全身是棕色的，胸部是粉红色的，头与胸部之间环形的边缘点缀着两个红色斑点。雄虫长有翅膀，雌虫无翅膀。

萤火虫分布于热带、亚热带以及温带地区，常栖息在温暖、潮湿的草丛、水边以及芦苇地带。依照幼虫生活的环境，它们可以分为陆栖、水栖和半水栖几种。萤火虫是个庞大的家族，已知

萤火虫
提灯笼的暗夜精灵

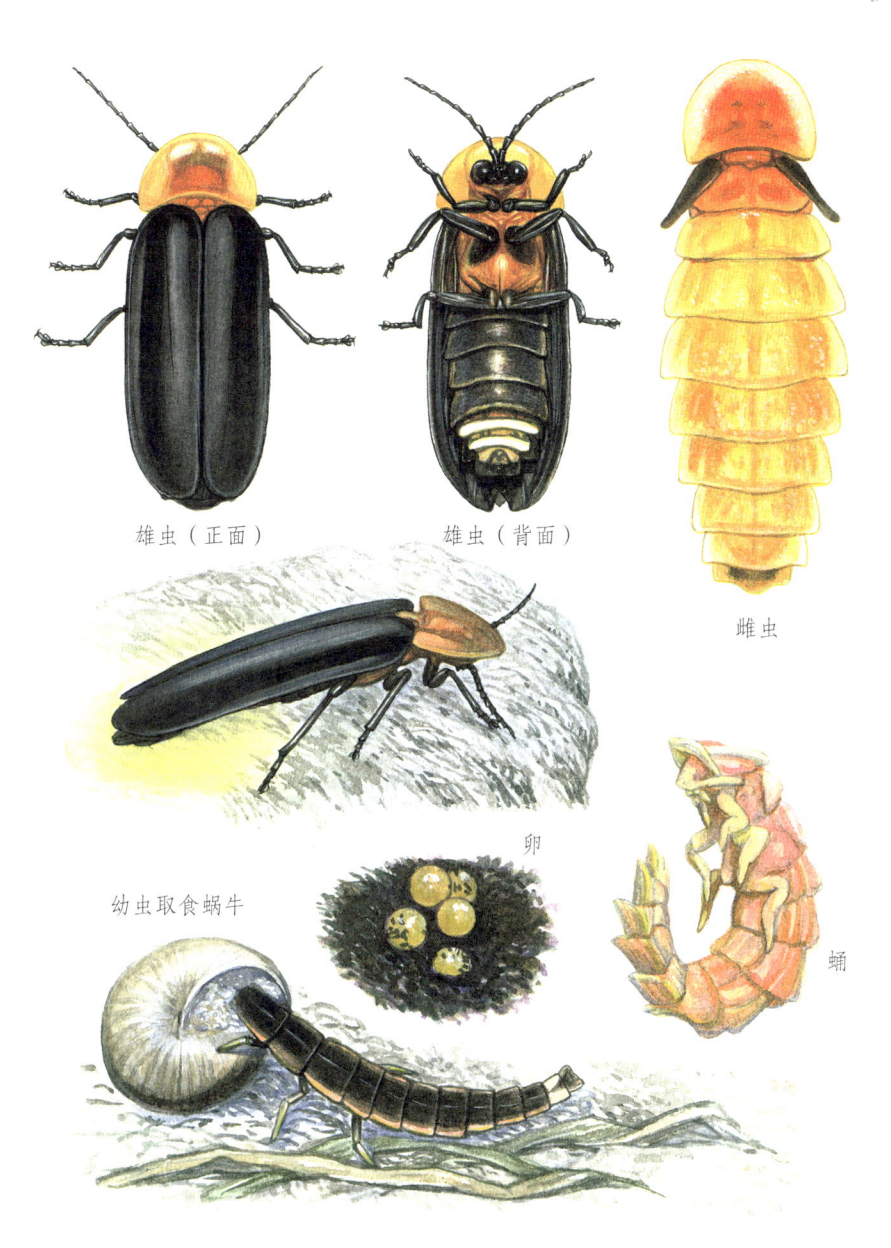

雄虫（正面）　　雄虫（背面）

雌虫

幼虫取食蜗牛　　卵　　蛹

胸窗萤　*Pyrocoelia pectoralis*

共有 2000 多种，分属于 8 个亚科 92 属和亚属。

　　萤火虫的一生经历卵期、幼虫期、蛹期、成虫期四个阶段。夏天的夜晚，雌性萤火虫在潮湿的草丛或者树皮下产卵，一次可以产出上百颗卵。经过 15~20 天的孵化，幼虫从一个一个白色或者淡黄色的卵中爬出，幼虫的身体扁扁的，需要经过 3 个月左右的发育，在此期间，它们吃蜗牛和蛞蝓（kuò yú）。没想到吧？萤火虫幼虫竟然是"肉食动物"！获取了丰富的营养，它们发育就很快了，经过 5~7 次的蜕皮后，萤火虫幼虫就钻进土里建造蛹室，为自己化蛹做准备。7 天左右，它们的身体就从幼虫长成了成虫。成虫钻出地面，从食肉昆虫变成了"素食家"，它们吸食花蜜和露水生存，寻找伴侣，完成交配，产下虫卵。萤火虫"长成大人"的时间只有 7 天，在完成生育下一代的使命后，雄虫很快死去，而雌虫产下虫卵后也随之死去。

　　萤火虫虽然生命短暂，却因为它神奇的自然功能——发光，给大自然添加了一抹浪漫颜色。它是美丽的发光昆虫，它的腹部末端有发光的器官，能够发出黄色、橙色、黄绿色及绿色等多种颜色的荧光。那么，问题来了，萤火虫为什么会发光呢？

　　其实，在自然界，很多生物都能发光，这些动物发出的光都不产生热，所以被称为"冷光"。萤火虫发出的冷光不仅具有很高的发光效率，而且发出的光亮柔和，强度比较高，不刺眼。科学家研究发现，萤火虫腹部末端的发光器官由发光层、透明层和反射层三部分组成。发光层拥有几千个发光细胞，它们都含有萤光素和萤光素酶两种物质。萤光素是萤光素酶的底物，在萤光素酶的作用下，萤光素利用细胞内的水分，与氧化合，便能发光啦！这实际上是化学能转化为光能的过程。

在某些地区，萤火虫会以较大的成群规模出现。这种现象被称为"萤火虫舞会"，它们在夜晚的田野上表演令人叹为观止的光之舞蹈。古代希腊人称萤火虫为"朗皮里斯"，将其形容为"屁股上挂灯笼者"。萤火虫在夜晚的光之舞不是为了美丽，而是它们的生存需要。比如幼虫发光可以警戒、恫吓天敌，成虫闪光是为了辨认敌友、求偶及诱捕食物。在巴西有一种能发出强光的萤火虫，只需三五只就可以照亮一张报纸；墨西哥有一种巨大的萤火虫，它的胸腹部有两个发光器，可以交替或同时发出绿色与黄色的光。当地妇女甚至将它作为晚间跳舞的装饰品，点缀于头发之间。

萤火虫发光的特性不但丰富了人们的生活，装扮了文学的星空，还为人类的科学发展作了不少贡献。早在20世纪40年代，科学家受萤火虫发光器的启发，创造出荧光灯，使人类的照明技术实现大幅进步。近年来，科学家又从萤火虫中分离出了萤光素、萤光素酶，将其应用于不同的照明装置与有特别需求的环境中，比如矿井、弹药库。

萤火虫的发光习性，还成就了中国古代一个著名的成语

宋词奇物说

故事——囊萤映雪。这个故事激励着一代又一代读书人执着奋进。

晋代读书人车胤年少时读书勤奋、苦学不倦，因家贫没有多余的钱买灯油，无法照明读书，于是想到用练囊装萤火虫来照明。就这样，他借着萤火虫的光亮夜以继日地读书，最终成为饱学之士，取得功名。唐代欧阳询等所撰的《艺文类聚·续晋阳秋》写道，车胤"家贫不常得油，夏日用练囊盛数十萤火，以夜继日焉"。"囊萤夜读"的车胤与借助雪地反光学而不倦的孙康共同催生了囊萤映雪这个成语，人们用这个成语形容在极端困难条件下勤学苦读。车胤和孙康二人囊萤映雪的励志故事感动并鞭策着一代代读书人。

宋代辛弃疾、周邦彦、张炎等人都曾借此典故书写文人志气，如辛弃疾的《水调歌头·万事一杯酒》："平生萤雪，男儿无奈五车何。"周邦彦的《齐天乐·秋思》："尚有练囊，露萤清夜照书卷。"张炎的《木兰花慢·日光牛背上》："笑指萤灯借暖，愁怜镜雪惊寒。"元代贾仲名在《萧淑兰》也写有"虽无汗马眠霜苦，曾受囊萤映雪劳"的诗句。

萤火虫不仅帮助了古人读书，还惹出了古人的怜爱之情，每当要表达爱意、诉说相思时，浪漫的古人就把萤火虫写进词里。柳永的《女冠子·断云残雨》、周邦彦的《南柯子·南歌子》、贺铸的《雁后归·鸦背夕阳山映断》等都巧妙地设计了这种意象，

可见萤火虫经常出现在古人的夜晚里。

无论是"疏篁一径，流萤几点，飞来又去"，还是"娇羞不肯傍人行。扬下扇儿拍手、引流萤"；无论是"对一盏寒灯，数点流萤，悄悄画屏"，还是"青松巢白鸟，深竹逗流萤"，写萤火虫都是为了写故事中的人。有人在流萤的漫天飞舞中宴游欢聚、共诉衷肠，有人在寥落萤火下独自徘徊、苦苦追忆。在此，萤火虫与人已经一体化了。

萤火虫常栖息在温暖、潮湿的草丛中，于是有传说称它是腐草所化，文学作品中也常有这样的描述，如《礼记·月令》中的"腐草为萤"，唐代李商隐的诗《隋宫》："于今腐草无萤火，终古垂杨有暮鸦。"明代李时珍的《本草纲目》也称萤火虫："是腐草及烂竹根所化，初时如蛹，腹下已有光，数日变而能飞。"

流萤飞舞，虽然美丽，却难免浸润着某种孤寂和悲凉。所以，有时候古人看到萤火虫也常常觉得悲伤，而和悲伤相关的事，一般是国破家亡或者思念家乡。比如张元幹曾在《石州慢·雪急云飞》一词中通过"谁家疏柳低迷，几点流萤明灭"的直白描述，抒发对破碎家国的悲愤之情。他触景生情，由破败的环境联想到了破碎的山河。张先曾在《惜琼花·汀蘋白》一词中通过"萤火而今，飞破秋夕"的古今对比，书写无尽追忆，将思乡之情的深沉绵邈写得含蓄蕴藉。

宋词奇物说

萤火虫是文化的，也是自然的。它们喜欢植被茂盛、水质洁净、空气清新的环境，只要是萤火虫种群分布处，生态环境都非常好。然而，一旦外界的环境遭到干扰或破坏，它们就会遭遇巨大伤害，不但会停止发光、飞行、求偶，还可能面临种群减少甚至灭绝的危险。现在，我们越来越难在夜晚看见成群飞舞的萤火虫了。萤火虫的不断消失，也预示着人类居住环境的不断恶化。

不知道有没有那么一天，我们的孩子还能在夜晚，看到随处飞舞的萤火虫，拍手"共数流萤"。

动物明星小档案

中文名：胸窗萤

分类：昆虫纲鞘翅目萤科窗萤属

别名：无

国内分布：湖北

特征：雌雄二型性。雄萤体长1.4厘米。头黑色，完全缩进前胸背板。触角长，呈黑色，锯齿状；身体有11节，第二节短小。复眼较发达。前胸背板橙黄色，宽大，钟形；前缘前方有一对大型月牙形透明斑，后缘稍内凹，后缘角圆滑。鞘翅黑色。胸部腹面橙黄色，足均为黑色。腹部黑色，有两节乳白色的带状发光器，位于第6及第7腹节。雌萤体长2.3厘米。体淡黄色，后胸背板橙黄色。翅退化，仅有一对褐色短小翅牙。

冷知识

小小的萤火虫能吃掉一只蜗牛！

萤火虫最喜欢吃的食物是蜗牛。可是蜗牛体形比萤火虫大很多，怎么吃呢？萤火虫"吃饭"三部曲是：先麻醉，再液化，最后吸食。

萤火虫的捕猎武器是它两片钩状的颚，锋利且细小，得借助显微镜才可以看到，而且那弯钩上有一道细细的槽。它们用钩状的颚咬住一只蜗牛，通过颚上的细槽给蜗牛身体里注入"麻醉剂"，等蜗牛失去知觉之后，萤火虫会分泌消化素，把蜗牛的肉液化成流质的肉汁，再一点一点吸食干净。最后，萤火虫"酒足饭饱"地离开，只剩下草地上一只空空的蜗牛壳。

［宋］佚名·荻岸停舟图（局部）

蝴蝶

生命的四重奏

水调歌头

南宋·张孝祥

濯足夜滩急,晞发北风凉。
吴山楚泽行遍,只欠到潇湘。
买得扁舟归去,此事天公付我,六月下沧浪。
蝉蜕尘埃外,蝶梦水云乡。

制荷衣,纫兰佩,把琼芳。
湘妃起舞一笑,抚瑟奏清商。
唤起九歌忠愤,拂拭三闾文字,还与日争光。
莫遣儿辈觉,此乐未渠央。

宋词奇物说

《水调歌头·泛湘江》作于张孝祥因小人谗言被罢官北归的路上。宋孝宗乾道元年（1165），张孝祥在经略安抚使任上政绩突出，却因谗言落职。1166年，他自西南北归，行经与诗人屈原有着不解之缘的湖南湘江，心中无限感慨，泛舟时写下此词。全词匠心独运，将风景书写与湘妃传说、屈原故事有机融合，既赞美了屈原的高洁情怀，又吐露了心中块垒。张孝祥笔下的湘江行别有一番韵味。

夜色中，在滩头湍急的水流中濯足。清晨，在清风的微凉中晾干头发。一路看遍吴地与楚地的湖光山色，还未抵达心驰神往的潇湘。买得一叶扁舟，一路归去。也许是天意作美，让"我"在盛夏六月得偿所愿，泛舟于心心念念的湘江。此时的"我"，像秋蝉脱壳羽化飞上青天，又如庄周梦中化为蝴蝶，惬意地流连在水淡云闲之地。就像屈原《离骚》中描述的那样，恍惚可见裁绿荷为衣，缀秋兰为佩，手握芳洁的花枝。湘水女神嫣然一笑，拨弄琴瑟演绎一曲悲凉的乐曲，激起屈原一腔悲愤，写下与日月争光的文字。呵，莫要让儿辈知晓这未尽之意，这泛舟的乐趣正该我辈独享。

当年，屈原为谗言所害，被放逐于沅水、湘水流域，后自投于汨罗江。张孝祥同样也是因谗言落职，他泛舟湘江，无限感怀。词人巧用典事，既赞颂屈原的文采节操，也表达了自己豁达超脱的胸襟。词人借蝉蜕、蝶梦等典故以及屈原作品中香草美人的意

蝴蝶
生命的四重奏

幼虫

成虫

羽化

卵

末龄幼虫

蛹　预蛹

金凤蝶　*Papilio machaon*

象,传达了自己与屈原相同的忠君爱国之志及报国无门的悲愤。

词中的"蝶梦水云乡"化用《庄子·齐物论》中的"昔者庄周梦为胡蝶,栩栩然胡蝶也"。翩翩飞舞的蝴蝶,不仅是文学作品中的重要意象,也是人们最爱的昆虫之一,具有很高的观赏性。

蝴蝶是昆虫纲、鳞翅目、锤角亚目昆虫的统称。蝴蝶种类较多,分凤蝶科、粉蝶科、蛱蝶科、灰蝶科、弄蝶科,分布于世界除南极洲以外的各大洲,全世界已记载的有近2万种,中国蝴蝶数量超过2200种。不同类型的蝴蝶各有所长,它们是大自然赐给人类的精美礼物。

凤蝶科一般为大型蝴蝶,色彩明艳。粉蝶科体型通常为中小型,颜色较素淡。

光明女神蝶也叫蓝色多瑙河蝶,"颜值"较高,被称为最漂亮的蝴蝶。

皇蛾阴阳蝶比较稀有,不但双翅的大小、形状、色彩不同,而且雌雄同体。

金斑喙凤蝶是我国特有的一种蝴蝶,华丽高贵,被誉为"蝶中皇后"。

枯叶蝶善于伪装,翅膀的反面呈枯叶色。

眼蝶翅膀上有长得像眼睛的斑纹,可以迷惑捕食性鸟类。它们宛若漫天绽放的花团,在春夏季节里绚烂至极。

大多数蝴蝶体长在5~10厘米，但不同的蝴蝶翅展差别较大。新几内亚东部的亚历山大女皇鸟翼凤蝶，翅膀展开可达31厘米；阿富汗的渺灰蝶，翅膀展开仅有7毫米。它们是昼出性昆虫，喜欢白天活动，最爱飞舞于花丛间，行动灵活，体态优美。体型呈长圆柱状，身体分为头、胸、腹三部分，头部有一双大大的复眼、一对触角与一张口器。其触角为细长的棒状或锤状。其口器像吸管一样，为虹吸式，喜欢吸食花蜜、果汁或树液。

蝴蝶是一种非常美丽的昆虫，身披五彩缤纷的羽翼，被人们誉为"会飞的花朵"。它们有两对膜质的翅，翅膀覆有许多小鳞片，在光线的作用下形成漂亮的斑纹。鳞片不仅是它们的美丽之源，还在某种程度上扮演着雨衣的角色，其中含有丰富的脂肪，让蝴蝶在偶遇小雨时不至于失去飞翔能力。

蝴蝶之美，不仅仅在于它们的外表，更在于其不凡的生命历程。大自然在蝴蝶身上写就的生命奇迹，常常引发人们联想与思考。蝴蝶的整个发育过程被称为变态发育，一生要经历卵、幼虫、蛹、成虫四个阶段。不同阶段在外部形态及生活习性上几乎毫无共同之处，好像经历了四重生命过程。

在相当长的时间里，人们认为蝴蝶的幼虫和成虫是完全不同的生物。直到后来，科研人员通过显微镜才发现蝴蝶的变化过程。蝴蝶的幼虫多为肉虫，少数为毛虫，绝大部分是植食性的（吃植物），也有很少数捕食蚜虫、蚧（jiè）壳虫；成虫则以吸食花蜜为主，也吸食果汁、树液等。

我们看到的蝴蝶是破蛹之后的成蝶，美丽、轻盈、翩翩起舞，而它们由幼虫到蛹，再由蛹化为蝶，却有一个相当复杂而残酷的过程。蝴蝶幼虫多为4龄或5龄，其成长需要借助多次蜕皮。每蜕一次皮，它们便增加一个龄期。在幼虫化身为蛹的过程中，它们会将外表结成壳，将体内的大部分器官溶解。蛹化为蝶堪称一种壮举——它们需要将体内的组织及器官拆分、重组或捣碎，按照蝴蝶的身体结构精准地重构出一副新的身体。

一只蝴蝶经历漫长而励志的蛹期，才成就了振翅飞翔的美丽。从滚圆的蛹到"瘦身美少女"蝶焕然新生的过程，堪称"热辣滚烫"的脱胎换骨。这个蜕变过程神奇，令人震撼。现在，人们一般用"化蛹为蝶"来比喻经历困难后的蜕变与重生。

蝴蝶自古以来深受文人墨客、民间百姓的青睐。这一自然界中的精灵，在人类诗词中翩翩起舞，以其独特的体美、形美、色美，为人们带来无穷的想象空间。北宋咏蝶之作甚多，甚至还有专写蝴蝶的诗人——谢逸，人称"谢蝴蝶"。他的"体蝶之情""状蝶之态"，被宋代阮阅编撰的诗话集《诗话总龟》记载下来："谢学士吟蝴蝶诗三百首，人呼为'谢蝴蝶'。"其蝴蝶诗据传有三百首之多，特别为人所称道的诗句如"狂随柳絮有时见，舞入梨花何处寻"，生动地展示了蝴蝶生机勃勃的美感。

在人类文化中，它们扮演着十分重要的角色。有人以蝴蝶的比翼双飞比喻恋人之间至美至真、坚贞不渝的感情,如民间流传已久的"梁祝化蝶""腐衣化蝶"的传说。彩蝶双飞也常用于婚嫁饰品中,传达着永结同心、白头偕老的美好祝福。有人以蝴蝶比喻人生变幻无常,寄托超然淡泊、归隐避世的精神追求,如庄周梦蝶的故事。有人以蝴蝶的翩翩飞舞象征自由、独立,如庄子《逍遥游》所说"鲲鹏振翅九万里,而南冥适蝶"。有人以蝴蝶描述春天的到来与生命的复苏,如清代袁枚的"桃红李白春风里,莺语蝶舞花如水"。还有人以蝴蝶象征美丽或轻狂,如宋代欧阳修作词"身似何郎全傅粉,心如韩寿爱偷香"……

同时,蝴蝶自带"福气"。因蝴蝶的"蝴"与人们祈盼的"福"谐音,蝴蝶也被认为是福禄吉祥的象征。而走入寻常巷陌、千家万户的"蝴蝶结",寓意"福"在眼前,福运"迭"至。蝴蝶还因"蝶"与"耋耋"的"耋"同音,寓长寿之意。

蝴蝶不但是文学的宠儿,在工艺品匠人眼中也是"宠儿"。它们不但飞进古画,还停留在琳琅的织物、刺绣、茶具、瓷器、雕刻、饰品等物品中,以色彩鲜艳、美丽多姿的倩影一次次惊艳众人。唐代滕王李元婴(李世民之弟)始创的蝶画更是独具一格,被称为缺门、独门、冷门的文化瑰宝。这种以蝴蝶之翅为材料、全手工巧妙拼贴而成的画,真实的蝶翅网纹——自然天成的图案纹理营造出真切的丝绒感,为画作打造出颇有质感的3D效果,既展示了蝴蝶的天生丽质,也体现了艺术者的匠心。北京故宫博物院珍藏的宋画《晴春蝶戏》图，十几只彩蝶无论是形态还是斑纹都酷似实物，栩栩如生。此图已逾千年，但绢本设色画仍然清晰生动。画图中，南宋国都临安（今杭州）附近的蝶种似乎正跨越时空讲述着历史的风雨。

  蝴蝶既是自然的，也是文学的、艺术的、科学的，具有重要的仿生学价值。比如，蝶翅美丽的色彩和斑纹为各种艺术品及纺织品的色彩设计提供灵感，蝴蝶鳞翅的闪光原理给纺织品中的闪光材质提供参考，蝴蝶的飞行方式给轻型飞行器以及机器人的设计以启发。随着科技的不断进步与生物学的研究拓展，未来的仿生机械设计可能会越来越精细和复杂。

  蝴蝶翩翩，飞越红尘。它们自庄周的梦中来，自梁山伯与祝英台美丽的爱情传说中来，自中国第一部辞书《尔雅》中来，自中国第一部诗歌总集《诗经》中来……这一"会飞的花朵""虫国的佳丽"，引领着人们用心去感受蝴蝶的美丽与生命的美好。

动物明星小档案

金凤蝶	昆虫纲有翅亚纲鳞翅目锤角亚目凤蝶科金凤蝶属
	无

黑龙江、吉林、河北、河南、山东、新疆、陕西、甘肃、云南、西藏、浙江、福建、江西、广西、广东、台湾

翅黄色。前翅外缘具黑色宽带，宽带内嵌有8个黄色椭圆斑，中室端部有2个黑斑，翅基部黑色，宽带及基部黑色区上散生黄色鳞粉；后翅外缘黑色宽带嵌有6个黄色新月斑，其内部另有略呈新月形的蓝斑，臀角有1个赭黄色斑。翅反面斑纹同正面，但色较浅。

冷知识

化蛹为蝶与破茧成蝶，不是一种蝶！

化蛹为蝶原指蝴蝶幼虫由蛹经过蜕皮，变化为成虫（蝴蝶）的过程，寓意人经历成长与历练，不断自我刷新，变得智慧、美丽。从生物学角度看，化蛹为蝶与破茧成蝶描述的不是相同的动物。蝶类的毛虫化蛹时几乎不造茧，破茧成蝶描述的是大多数的蛾类昆虫。

[宋]夏珪·夏雨行舟图(局部)

蜉蝣

一生短暂，绚烂如斯

念奴娇

南宋·陈纪

凭高眺远，见凄凉海国，高秋云物。
岛屿沉洋萍几点，漠漠天垂四壁。
粟粒太虚，蜉蝣天地，怀抱皆冰雪。
清风明月，坐中看我三杰。

为爱暮色苍寒，天光上下，舣棹须明发。
一片玻璃秋万顷，天外去帆明灭。
招手仙人，拍肩居士，散我骑鲸发。
钓鳌台上，叫云吹断残月。

这首词是南宋末年词人陈纪登钓鳌台时的感兴之作。"和东坡韵",是指仿苏东坡的《念奴娇·赤壁怀古》之韵所作。词中的钓鳌台是一个颇有传奇色彩的地方。据传说,唐时任普州刺史的程咬金曾在此钓鳌。相传南宋最后一位皇帝赵昺(bǐng)避元南逃时,也曾流落于此。后来山崩海啸,得道真人在此升天而遁,留下仙脚印。钓鳌台为一块巨大石岩坐山而起,是登高的一个好去处。文人们常登其上,观景抒怀。词人陈纪登临钓鳌台,为我们描绘出苍茫的深秋景色与复杂的人生感怀。

登高望远,海域茫茫一片,深秋云雾缭绕。浮萍随水流四处漂动、天幕低垂。偌大的天地之间,个人的力量如同粟粒与蜉蝣一般微不足道,但即使如此,依然有人心地光明磊落像冰雪般纯洁,忠肝义胆,始终不渝。即使最终失败了,依然为后世铭记,就像"我"现在置身于清风明月之中,好像还能看到宋末三杰(张世杰、陆秀夫、文天祥)的英灵。傍晚天色昏暗,天上景色和水中倒影连接起来,船只等待早晨起程。水面如玻璃一般平静,昔日鏖战于此的船只,如今早已不见踪影。远方那烟波浩渺的海面,船儿忽隐忽现。"我"向往像仙人与居士那样隐遁或游仙,浩然遗世。只是如今身处钓鳌台上,只看到一轮残月悬空,照耀着山河岁月。

此词中,"蜉蝣天地"一处让人联想到苏东坡《前赤壁赋》中"寄蜉蝣于天地,渺沧海之一粟,哀吾生之须臾,羡长江之无

蜉蝣
一生短暂，绚烂如斯

穷"的人生感慨。传说中"朝生暮死"的蜉蝣，有着怎样的生命传奇？这晶莹、善舞的小精灵，又寄托着人们怎样的人生感慨呢？

蜉蝣起源于古生代，是昆虫纲、蜉蝣目昆虫的统称，因其成虫呈波浪式飞行、状若浮游而得名，别名一夜老、夜夜老等。蜉蝣是小型至中型昆虫，成虫体长大约1~3厘米，体型细长且非常柔软，常见为白色或淡黄色，主要分布于热带至温带的广大地区（包括江河、湖沼、浅水、水田等处）。成虫前的它们喜食腐屑、小型藻类及腐烂的水草等。初夏黄昏，蜉蝣常常成群结队地在河面上追逐、飞舞，然后陨落。它们头部灵活，复眼大，体态轻盈，身姿曼妙，翅膀透明发亮，与蜻蜓有某些相似之处。全世界已知约有蜉蝣3000多种，中国目前已知有300多种。

每年4~10月，秦岭低海拔的溪流和水边，就会出现一种蜉蝣，叫红腹四节蜉蝣，它是中型蜉类，身体呈现黄褐色，有橙色陀螺状环纹，有一对扁圆的复眼，两眼相连。前胸背板光滑，两侧有褐色瘤状物。翅膀透明，上面有紫色闪光，脉纹交织呈现网格状，后翅的长度只有前翅的一半。腹背是黄色，两侧为红褐色，有两条细长的尾丝。

蜉蝣是现存最古老的飞行昆虫之一，被称为现代科学研究的活化石。它们穿越3亿年时光款款而来，以小小的身体讲述着大自然的神奇造物故事。3亿年前的石炭纪，蜉蝣翩翩来到这个世界，振翅飞行于森林中。让人惊奇的是，同时代的许多大型飞

宋词奇物说

东方蜉 *Ephemera orientalis*

> 蜉蝣
> 一生短暂，绚烂如斯

翔昆虫在严酷的自然灾害及丛林法则中陆续销声匿迹，而蜉蝣却成功渡劫，展现出强大的生命力。随后是二叠纪末期的生物大灭绝，恐龙成了化石，作为恐龙邻居的蜉蝣依然通过种种考验杀出重围，原本陆生的它们大概就是在此时变为水生的。在复杂的生物进化史上，蜉蝣是凝聚着数亿年进化信息的弄潮儿。

提及蜉蝣，大家最先想到的往往是其"朝生暮死"的特点，是生命短暂而极尽华美的惊艳与惨烈。蜉蝣的学名 *Ephemeroptera*，意为"只有一天生命的虫"；英文名 *Mayfly*，大概源自蜉蝣在5月的集中羽化。"昙花一现，蜉蝣一生"触动了大家来自生命深处的惊惧，引发一代代文人对生命短暂这个命题的深深叹惋，如晋朝郭义恭的"蜉蝣在水中翕然生，覆水上，寻死随流"，唐代白居易的"长生无得者，举世如蜉蝣"，宋代苏轼的"寄蜉蝣于天地，渺沧海之一粟"，宋代曹冠的"人生堪笑，蜉蝣一梦，且纵扁舟放浪"……其实，这只是人们对蜉蝣成虫的认知，蜉蝣一生虽然只有几十个小时，却要经过卵、稚虫、亚成虫和成虫四个不同的阶段，其变化过程被称为原变态发育。

每只雌蜉蝣大概可产两三千粒卵。卵在水里经过1~2周可以孵化成稚虫。在"漫长"的水下旅程里（稚虫期长达半年、一年或者数年），蜉蝣多贴在石壁上，以接近于石块颜色的体色做保护色，巧妙地利用天时地利躲过天敌的捕食。借助于身体颜色与周围环境的接近，大多数蜉蝣能在危机四伏的环境中躲过鱼类、水蟪、石蝇、甲虫、水虿（chài）、水螳螂等动物的攻击，历经"九死一生"得以保全性命。稚虫阶段是蜉蝣储备能量的重要阶段，它们竭力进食，食谱包括腐屑、小型藻类、微小生物等。此时，它们在体内蓄积较多的营养物质，为成虫时的飞行、交尾和产卵打下坚实基础。除了"努力加餐饭"，蜉蝣在水下还要经过10~25次的蜕皮以实现涅槃重生。完美走过稚虫期之后，蜉蝣便"成功上岸"。它们爬到水边的植物或石块上再次蜕皮，进入亚成虫期（体色暗淡，翅膀烟熏色，复眼没有发育完全）。亚成虫期一般比较短，从几分钟到一两天不等。其后，蜉蝣羽化为真正的成虫，翅膀变得透明而轻盈。蜕化为成虫后，蜉蝣便"不食人间烟火"，处于不吃不喝的状态，生命的巅峰与谢幕一起来临。蜉蝣成虫的寿命接近于古人形容的"朝生暮死"，短则数小时或1~2天，长则约一周。至此，蜉蝣成功横跨水、陆、空三界，从多年的蛰伏到一朝的传宗接代，实现了华丽而悲壮的生死接力。

对于蜉蝣来说，最后的"婚飞"是它一生中最美的华章。刹那芳华，既惊艳又悲壮。蜉蝣在几小时内完成飞舞、交友、恋爱、结婚、生子。傍晚时分，它们成群结队地在水面上飞舞，用毕生积蓄的能量繁殖后代。雄性蜉蝣一旦完成交配，很快就会死亡。大多数雌性蜉蝣将卵产在水中后也随即画上生命的休止符。完成"传宗接代"的任务之后，生命就此结束。因为蜉蝣体型较小，所以雌性蜉蝣产的卵比芝麻还小，只有用超微距镜头才可辨认。这些卵虽小，数量却十分惊人（约数百个至4000个）且在尖端长有吸盘。这样的卵便于吸附在石块上，在流水里安身立命。蜉蝣这种昆虫看起来弱小，"战斗力"不足，其实有独特的生存智慧。它们有的善于爬行，可以自由行走于水底；有的善于钻探，可以栖身泥沙之中；有的善于攀附，可以藏匿于岩石底部。

  蜉蝣的翅膀分前翅与后翅，前翅较长且有丰富的翅脉，呈大三角形；后翅因退化而较短。成虫时期的蜉蝣基本不吃不喝，其口腔及消化器官几乎完全退化，肠内藏有空气，身材保持特别好，所以，它们的飞行姿态特别美丽优雅。对此，荀况在《荀子·大略篇》曾描述："不饮不食者，蜉蝣也。""婚飞"阶段的蜉蝣，身体修长，羽翼轻纱般薄而有光泽，仪态轻盈灵巧，可谓"仙气"十足。三根纤细的、长度甚至超过身体的尾丝具有强烈的视觉冲击力，令人充满艺术遐想。《诗经·曹风·蜉蝣》形容这个阶段的蜉蝣"衣裳楚楚""麻衣如雪"。

  因为有以上特点，蜉蝣在文人笔下便成为短暂而极尽华美的化身。有人从它们的"朝生暮死"中感叹人在天地间的渺小以及惜时的重要，有人从它们的惊艳之舞与生命狂欢中品味磅礴的生存热情，有人从它们数十次的蜕皮中感受涅槃的悲壮与伟大，有人从它们为繁衍后代一往无前的决绝中看到责任与果敢。蜉蝣飞舞在充满诗意的夜空中，其独特的生物属性让人们产生无限的想象。

蜉蝣既是文学描写的宠儿，也颇有科学价值，它们还是优秀的水质"检测员"。作为典型的水生昆虫，蜉蝣对环境变化和水质污染十分敏感，可以担当检测生态环境质量的重要指示物种。通过蜉蝣稚虫的分布情况，生态学家可以推测水质优劣、水温高低、水流快慢等水体质量，判断水中重金属污染是否严重，有毒物质是否超载。自20世纪50年代以来，蜉蝣稚虫在水质监测中扮演着重要角色。小身板，大作用。如今，蜉蝣稚虫与石蝇、水蚤一起，并称小溪、河流水质测量的三大指标昆虫。

科学家通过昆虫仿生助力现实科技的例子不胜枚举，他们通过模仿或复制生物体的特殊结构与优势功能，不断刷新人类需要的先进技术。大自然的鬼斧神工带给了人们丰富的想象与灵感源泉，即使小如蜉蝣的复眼，在提升人类生产工艺方面也具有重要的仿生学价值。蜉蝣稚虫长时间生活在水中，其复眼发达，已有人参考蜉蝣复眼的微观结构和防雾特性，发明了一种亲水防雾材料，为入水材料提供了新思路。仿生学不但充满神奇与奥妙，也是人类对自然的深刻理解。

动物明星小档案

学名 东方蜉

分类 昆虫纲蜉蝣目

别名 无

国内分布 东北各省

特态 腹部第1—9节背板上具有花纹，第1—2节有1对黑褐色粗斑纹，第3—6节各有2条纵纹，位于背板的两侧，第7—9节各有3对纵纹，中央1对较短，左右两侧的较长，且后端略向内侧弯曲，第10节具有1对短纵纹和1对位于中央的小斑点，第3—9节腹板上各有1对黑色纵纹，其长度由前到后依次递增，即后腹节的纵纹比前腹节长。

冷知识

昆虫也有鳃？

我们知道，鱼类在水中呼吸，依靠的是鳃，而昆虫呼吸依靠的是器官。但是，蜉蝣非常特殊，它有鳃！

蜉蝣的外部形态很特殊，与其他昆虫差别很大。蜉蝣的生活史有4个阶段，分别为卵、稚虫、亚成虫和成虫。在它还处于稚虫阶段时，它生活在水中，它的腹部前1—7节背板都可能生长着按节排列的成对的，常见为扁平的片状鳃，这种类型的鳃只在蜉蝣中存在。稚虫期的蜉蝣就依靠鳃呼吸。到了亚成虫和成虫阶段，它们在陆地和空中生活，用气管呼吸。所以，蜉蝣的发育过程为独特的原变态。

[宋]佚名·宫伎调琴图(局部)

蟋蟀

是『鸣虫』也是『斗虫』

齐天乐

南宋·姜夔

庾郎先自吟愁赋，凄凄更闻私语。
露湿铜铺，苔侵石井，都是曾听伊处。
哀音似诉，正思妇无眠，起寻机杼。
曲曲屏山，夜凉独自甚情绪？

西窗又吹暗雨，为谁频断续，相和砧杵？
候馆迎秋，离宫吊月，别有伤心无数。
豳诗漫与，笑篱落呼灯，世间儿女。
写入琴丝，一声声更苦！

宋词奇物说

姜夔的《齐天乐·蟋蟀》是他与南宋词人张功父（张镃[zī]，字功甫，亦作功父）一起饮酒时所作的咏物词。词人在这首词前写序，详细介绍了词的创作背景：

"丙辰岁，与张功父会饮张达可之堂。闻屋壁间蟋蟀有声，功父约予同赋，以授歌者。功父先成，词甚美。予裴徊茉莉花间，仰见秋月，顿起幽思，寻亦得此。蟋蟀，中都呼为促织，善斗。好事者或以三二十万钱致一枚，镂象齿为楼观以贮之。"

酒兴正酣之时，两人忽然听到屋壁间的蟋蟀声，不由触景生情，相约进行"同题异构大赛"——同时写一首描写蟋蟀的词交给歌者去演唱。张镃先写出《满庭芳·促织儿》，清隽幽美；姜夔在茉莉花间踱步，抬头看见秋天的一轮月，有了灵感，写下《齐天乐·蟋蟀》，寄托遥深。

咏物词以某种物品为描写或吟咏的对象，将个人丰富、复杂的情感体验或某种志向志趣寄寓在所咏之物中，以求主观情志与所咏的客观之物有机融合。这种词注重化抽象为具体，化无形为有体，借物抒情或托物言志是其重要表现手法。

对于咏物词而言，人的思想情感是灵魂，具体可感的物是载体，两者缺一不可。《齐天乐·蟋蟀》看似咏物，实则抒情，词人由蟋蟀鸣声延伸开来，通过空间的不断转换与人事的丰富联想，寄托身世之感、家国之痛。整首词层层递进，步步烘托，为我们营造出凄迷深远的场景。

蟋蟀
是"鸣虫"也是"斗虫"

庾信早年曾吟咏《愁赋》，本是愁情满怀，如今又听到蟋蟀凄切的鸣声。它们似私语，似悲诉，时断时续。夜露打湿了门上的铜环，苍苔盖满了井栏四边，蟋蟀鸣声到处可闻，好像是在倾诉着人间的悲愁哀怨。闺中少妇思念丈夫长夜难眠，忽然听到蟋蟀如泣如诉的鸣声，意识到应为征人缝制寒衣了，于是起身寻找机杼，赶制寒衣。陪伴她的，只有闺房里屏风上连绵起伏的山峦。远山迢水，让人神驰万里，黯然神伤。秋色已深，夜凉如水，寒蝉凄切，顾影自怜，是怎样一种难以描摹的心情啊？！什么时候才能将亲手织就的冬衣送到远行者手中？

秋风吹动夜雨，敲打西厅的窗棂。幽深的夜色里，蟋蟀的鸣叫声与捣衣的砧杵声交织成一片，断断续续地响个不停，这交响应和的秋声赋使人倍觉悲凉凄苦。在客居的馆舍里迎接寒秋，在幽闭的离宫中凭吊冷月，不论帝王还是平民、思妇还是行人、漂泊者还是失意者，都触发无数伤心事，心情格外惆怅、萧索。《诗经·豳风》中的《七月》篇曾描写过它，那些诗句像是即景写作，率意而成。可笑可叹的是世上那些天真无邪、不知愁滋味的小儿女，他们正蹲在篱笆旁嬉闹欢笑，兴高采烈地喊叫着抓蟋蟀。殊不知如果将蟋蟀的鸣声谱成琴曲，一声声地，不知能弹奏出多少人间哀怨。

《齐天乐·蟋蟀》以蟋蟀的鸣声为线索，写诗人的吟诵声、思妇的机杼声、夜晚的风雨声、捣衣的砧杵声、被囚禁者的悲叹

宋词奇物说

声,声声悲咽;词人沿秋色、秋声、秋思运笔,写诗人、思妇、征人、帝王(后妃),人人伤心。姜夔更用世间小儿女的乐,来反衬伤心人的悲。词中,不仅有自伤身世的喟叹,还曲折地传达出兴亡之感。整首词将不同的人事巧妙地融合在一起,意境凄切委婉、深沉开阔。

词中,引人联想、撩人愁绪的蟋蟀是一种什么样的昆虫呢?让人们愿意"以三二十万钱"买一只的它,有着怎样不可抵挡的魅力呢?

蟋蟀属于直翅目蟋蟀科无脊椎动物,体色多为黄褐色、黑褐色,身体呈圆筒状。其触角像细丝,长于身体。蟋蟀有6条腿,前足和中足较短,相似并同长;而后腿却粗壮发达,善于跳跃。与其他多数昆虫不同,蟋蟀的翅膀包括鸣叫的鸣翅与飞翔的飞翅。对于它们而言,翅膀主要用于发声而非飞行,其前翅呈革质,后翅呈网状。在发音方面,蟋蟀与众不同——它们并不用嘴巴或喉咙发声,而是通过摩擦前翅与后翅产生特殊的声音,以吸引伴侣或宣示主权。雄性蟋蟀体长20~25毫米,善于鸣叫,前翅上有发音器,后有两根尾须。雌虫有四根尾须,中间有一根产卵管。

蟋蟀是一种古老的昆虫,历史悠久,家族庞大,别名丰富,分布广泛。它们至少已有1.4亿年的历史,种类约有2500种,也被称为蛩(qióng)、蛐蛐、秋虫、促织、土蜇、斗鸡、地喇叭、夜鸣虫、灶鸡子、将军虫等。常见的蟋蟀种类有中华蟋蟀、大棺

蟋蟀
是"鸣虫"也是"斗虫"

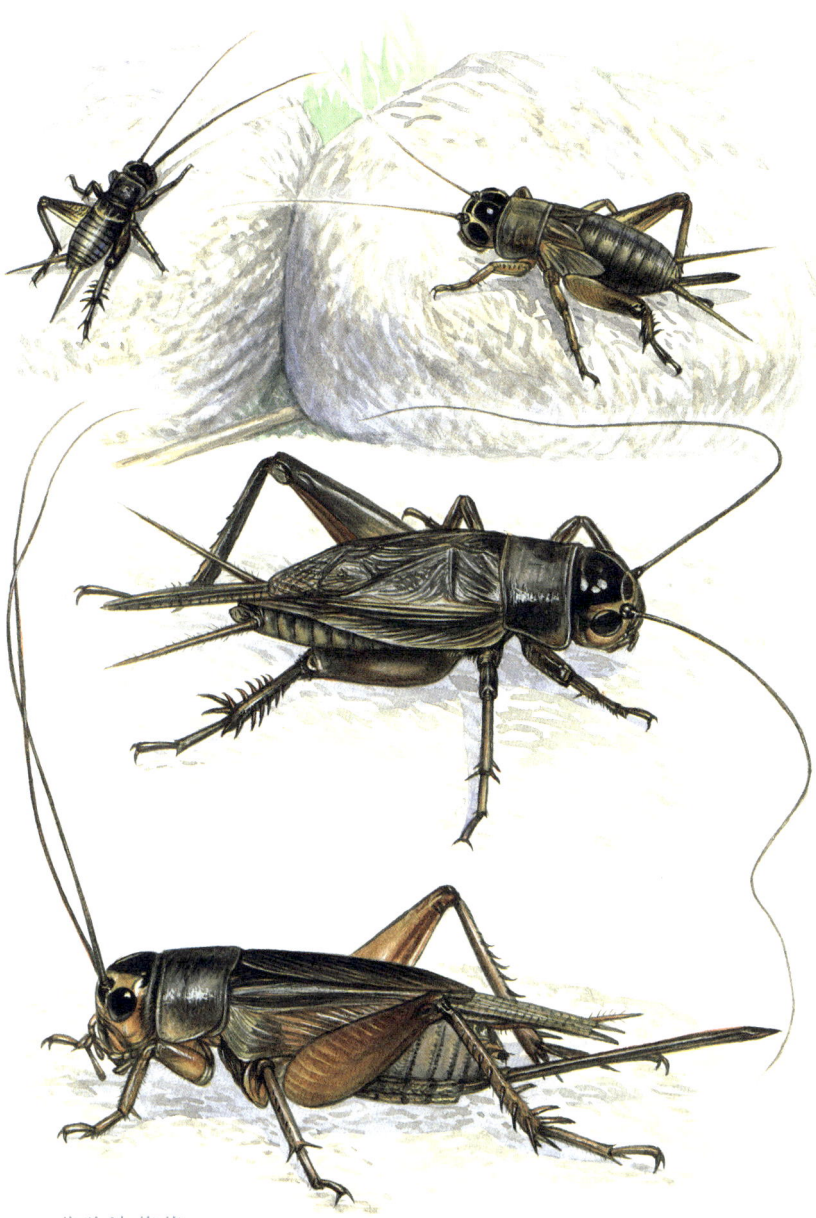

黄脸油葫芦 *Teleogryllus emma*

头蟋蟀、油葫芦、中华灶蟋等。

蟋蟀穴居，砖缝中、石块下、土穴内、草丛间以及地表等处都可以是它们栖息的家园。它们喜欢夜间活动，白天多藏匿于阴暗潮湿的地方。成虫常打浅洞，可以在潮湿的地方挖土营建居室，穴深约30厘米。

蟋蟀是杂食性动物，喜食农作物、树苗、果蔬等。它们天敌较少，繁殖力强，给农业生产带来不少损失。一只雌性蟋蟀一生中产卵可达百余粒，每年繁殖一代。它们产卵时喜欢选择向阳的坡地、田埂或草堆边缘等温度适宜的地方。雌蟋蟀腹部末端有一根产卵管，产卵时将其插入土中，让卵借助土壤的保护越冬。三龄前的幼虫食量较小，主要吃嫩草或庄稼苗。四龄后的蟋蟀食量大增，会大量啃食农作物和蔬菜。成虫更是以农作物的根、茎、花等为食，对庄稼的破坏极大。

蟋蟀被作为吟咏的对象进入文学作品，最早见于《诗经》。《诗经·豳风·七月》写道："七月在野，八月在宇，九月在户，十月蟋蟀入我床下。"此后，它的身影频频飞入文人笔下，如"明月皎皎光，促织鸣东壁"（汉代《古诗十九首》），"秋夜促织鸣，南邻捣衣急"（南朝谢朓《秋夜》），"蟋蟀渐多秋不浅，蟾蜍已没夜应深"（唐代贾岛《夜坐》），"昨夜寒蛩不住鸣。惊回千里梦，已三更"（宋代岳飞《小重山·昨夜寒蛩不住鸣》）……

蟋蟀
是"鸣虫"也是"斗虫"

北宋文学家黄庭坚称蟋蟀有五德:"鸣不失时,信也;遇敌即斗,勇也;伤重不降,忠也;败则不鸣,知耻也;寒则归宁,识时务也。"每天按时鸣叫,这是守信用;遇到敌人就立刻战斗,这是有勇气;即使受伤也要战斗到底不投降,这是忠义;失败了就不鸣叫了,这是知道廉耻;到了冬天寒冷的时候就冬眠去,这是识时务。将蟋蟀的生物属性与做人的道理相对应,通俗易懂,生动有趣。

古代文人喜欢描写蟋蟀,在它们身上赋予了丰富的象征意义。在文人看来,蟋蟀是时间、节令的化身,它们常于秋夜鸣叫,让大家闻之倍感四时之更替,岁月之易逝,传递着人们对于年衰岁暮的叹惋;蟋蟀惹人思乡怀远,它们的鸣声同织机的声音相仿,促人纺织、准备冬衣,引人怀念征人。古诗词中,文人墨客以蟋蟀寄托秋思,就像以梅兰竹菊托物言志、抒发情怀一样,已是烙印在大家心中的常用修辞。

蟋蟀在昆虫界有着特殊的"江湖地位"。它们之所以鼎鼎有名,是因为拥有两大法宝:法宝一是善于鸣叫,堪称天生的"田间歌手",靠歌声"C位"出道;法宝二是善于跳跃,它们拥有一套精彩绝伦的"格斗术"。"春听鸟声,夏听蝉声,秋听虫声,冬听雪声",其中的虫声就是指蟋蟀的鸣声。

古人有把蟋蟀作为宠物养在小笼子里的文化,闺中女子也喜欢用小金笼放蟋蟀,"置于枕畔,夜听其声"。现代作家鲁迅的散文名篇《从百草园到三味书屋》就曾写到蟋蟀的"音乐才华"："油蛉在这里低唱，蟋蟀们在这里弹琴。"长夜漫漫，虫鸣相伴，一声声来自大自然的问候，总能击中我们心中某个柔软的地方。

民间关于蟋蟀的谜语多聚焦于它善斗的特点，如"头长两根毛，身穿咖啡袍，平生爱打架，赢了唧唧叫""胡须长长夜寻粮，个子小小武功强。六腿翅膀能发声，民间斗它得银两""家住暗角落，身穿酱色袍，头戴黑铁帽，打仗逞英豪"。

蟋蟀生性孤僻，喜欢独立生活，一旦和别的蟋蟀住在一起常常会"比个高低"。雄性蟋蟀会为保卫自己的领地或争夺异性而相互撕咬。它们善于打斗，也很懂得心理学。二虫鏖战，首先是猛烈振翅鸣叫以求在气势上压倒对方。一通"展示肌肉"的狂吼之后，真正的决斗才拉开序幕——头顶、脚踢、旋转跳跃，寻找有利位置强势出击。蟋蟀被誉为"天下第一虫"，它们之间的"擂台赛"既热血又很有艺术感，两虫之间斗智斗勇，博弈相当精彩，其"比武打擂"的过程颇具观赏性。在民间，人们利用雄性蟋蟀好斗的自然特性，将其置入斗栅中以供人们赌斗赏玩，久而久之便发展成为一种民间博戏。在偌大的蟋蟀王国中，墨蛉当属战斗力最强的实力担当。它们虽然是状如蚂蚁的微型蟋蟀，但既能鸣又善斗，被称为"黑头将军"。

蟋蟀

是"鸣虫"也是"斗虫"

"斗蟋蟀"亦称"秋兴""斗促织""斗蛐蛐",其历史悠久,曾被列入花鸟鱼虫四大雅戏之中。用蟋蟀相斗取乐的娱乐活动起源于唐,盛行于宋,是当时流行的赌博方式,既为皇帝高官所爱,也为普通百姓所爱。《西湖老人繁盛录》曾记载南宋"斗蟋蟀"的实景:"常有三五十火斗者。乡民争捉入城货卖,斗赢三两个,便望卖一两贯钱。"城里斗蟋蟀的人常常有三五十伙之多。乡民争相去田间捉蟋蟀进城卖,只要有蟋蟀能斗赢两三个,这只蟋蟀就能卖出一两贯钱的价格。宋代在斗蟋史上是著名的时代,"斗蟋蟀"已俨然发展成一种普及性甚广的"国民文化"。上至京师,下至民间市井,雅好此戏者众多。被称为"蟋蟀宰相"的南宋权臣贾似道曾编写一本《促织经》,不但记录了南宋时期斗蟋蟀的盛况,还详细地总结了养蟋蟀及斗蟋蟀的经验,堪称世上研究蟋蟀的首部专著。明朝斗蟋蟀的风气也很重,明宣宗朱瞻基在位后期痴迷斗蟋蟀,几乎家家户户捕养蟋蟀,斗蟋蟀的赌场也比比皆是。他被后世称为"蟋蟀皇帝""促织天子"。"斗蟋蟀"虽雅俗共赏、趣味横生,但沉迷其中也容易让人玩物丧志、亡身误国。蒲松龄《聊斋志异·促织》描写的就是"斗蟋蟀"之风盛行下民不聊生、人化为虫的悲剧。

一虫之微,一器之朴,其中蕴含着丰富的民俗与文化意蕴。时至今日,一些地方仍然保留着斗蛐蛐、品蟋蟀文化的传统。比如,山东省德州市宁津县建有中华蟋蟀文化城,内设蟋蟀文化展览馆、斗蟋比赛馆、蟋蟀交易大厅、蟋蟀捕捉体验园等。蟋蟀馆内，惟妙惟肖的画作《将军得胜图》、气势磅礴的书法长卷《宁津蟋蟀赋》、生动逼真的剪纸作品《蟋蟀百虫图》等特别值得驻足欣赏。天津等地启动了蟋蟀文化节，以蟋为媒，以虫会友，实现了小蟋蟀带动大振兴的目标。

　　蟋蟀虽小，却已嵌入中国的审美里，屡屡出现于文学、绘画、工艺等艺术形式中，折射着中国文化、民俗风情。透过蟋蟀的历史，我们可以一窥古人怡情养性的生活方式以及他们对于天人关系的思考。

动物明星小档案

学名 黄脸油葫芦

分类 昆虫纲直翅目蟋蟀科油葫芦属

别名 油葫芦

叫声 广泛分布

特征 雄性体长 2~2.5 厘米，雌性稍大。黑褐色。头部沿复眼内缘具明显的淡色眉状斑纹，复眼间缺宽的褐色横带，颜面和颊黄色，单眼排列呈三角形，侧单眼间缺淡色横条纹。前胸背板几乎单色，具绒毛。前翅 Sc 脉具多条分支，雄性前翅具 4 条斜脉。前足胫节内侧听器具鼓膜，后足股节较粗，胫节具背距。

冷知识

蟋蟀不是纺织娘

蟋蟀（促织）与纺织娘是两种十分容易混淆的昆虫。

		蟋蟀	纺织娘
相同点		都是"跳跃能手"：都拥有发达而健壮的后腿，能够轻松跳到高处	
		都是"夜晚歌唱家"：都喜欢在静谧的夜色中、稀疏的草丛里长音袅袅	
		鸣叫声音相似，都是"莎莎……"	
不同点	体形	2 厘米左右	5~7 厘米
	状貌	身体呈圆筒状，圆润可爱	"扁身材"，身体好似小刀的刀锋
	颜色	大多是黄褐色或者黑褐色	喜欢"穿花衣"，紫红、淡绿、深绿、枯黄色皆有之

〔宋〕李嵩·赤壁赋图（局部）

蝉

为什么是「高冷」的昆虫?

长亭怨　　南宋·张炎

望花外、小桥流水,门巷愔愔,玉箫声绝。
鹤去台空,佩环何处弄明月。
十年前事,愁千折、心情顿别。
露粉风香谁为主,都成消歇。凄咽。
晓窗分袂处,同把带鸳亲结。
江空岁晚,便忘了、尊前曾说。
恨西风不庇寒蝉,便扫尽、一林残叶。
谢杨柳多情,还有绿阴时节。

作为一种特殊的生命物象，蝉在中国文化的长河里承载着丰富的内涵，在文人墨客的笔下频频留下身影，并逐渐成为一种象征符号，寄寓着文人们复杂的情感体验。透过蝉鸣，词人书写着内心的缭乱、悲秋的情怀以及身世家国之感。比如这首《长亭怨·旧居有感》，词人张炎表面咏蝉，实则自喻，这种词中有我的境界，具有很强的感染力。

读这首词，词人故地重游的怀人感旧之情跃然纸上。此情此景，恰如词人李清照在《武陵春·春晚》所云："物是人非事事休，欲语泪先流。"

一个满怀心事的人踯躅于旧日庭院。他抬头凝望，虽然花丛外面依然是小桥流水，可是，再无往日的烟火气息与热闹气象，四周是这样的寂静、萧然。再也听不见曾经的急管繁弦，那流淌在耳畔与心间的玉箫声早就消失不见了。仙鹤飞去了，楼台空寂了，而她正身在何方？词人旧地重游，想起十年前的种种，往事历历闪现脑际，不由愁肠百转，心情千回百折。风物依旧，斯人已杳无踪影。可惜可叹啊，这里的"露粉花香"谁为之"主"？终将荒芜零落的，是花草，也是故事中人。

往事令人无限伤感！在拂晓的窗前，离别的时刻，两人曾经将衣带结在一起，渴望永不分离。然而，江天空阔，时光飞逝，孤篷万里，生离死别。如今，自己已至暮年，怎能忘得了当年两人相对时说过的一切。可恨的西风，你对可怜的寒蝉何以如此无情,不但不庇护,甚至将它赖以栖身的一林残叶,也残忍地卷走。唯有道旁的柳树多情,还有重展绿荫的时候。杨柳尚有再绿时节,而自己已看不到命运的转机。

这首词上片重在写景,极力渲染故居及周边曾经的美好、繁荣与当下的衰败、清冷。作者由景生情,睹物思人。"佩环何处弄明月"一句化用杜甫"环佩空归月夜魂"的诗句,将"物是人非"的无限感慨写得凄恻动人。下片重在抒情,通过追忆往事与细节再现极力渲染感时伤世之情。一个个刻骨铭心的片段如同剪影特写,生动地呈现于读者面前。"恨西风不庇寒蝉,便扫尽、一林残叶"是词人发自内心的控诉,字字泣血,将悲怆凄婉的意境浸透在字里行间。

《长亭怨·旧居有感》中,失枝的"寒蝉"不仅仅是一个意象,也寄寓着词人复杂的生命体验。张炎以蝉自况,书写国破家亡的悲恸。宋亡以后,他家道中落,落拓而终,像不被西风庇护的寒蝉一样贫难自给。

《长亭怨·旧居有感》一词中,让作者感之、"恨"之的昆虫——蝉,到底是一种怎样的动物呢?

蝉是昆虫纲、半翅目蝉科昆虫的总称,俗称蜩(tiáo)、螗(táng)、蒋(jiāng)、蓁(qín)、蛁蟟(diāo liáo)、知了等。蝉的种类很多,外形也很相似,区别在于有的"个头"大,有的"个头"小。大者体长可达5厘米。蝉多分布于热带地区,主要栖息于森林、草原和沙漠中。

在北方,常见的蝉有三种:蚱蝉、蟪蛄、黑蝉。其中,黑蝉是我国最常见的一种蝉,数量也最多,食用与药用的蝉基本上就是指这一种。

黑蝉,古称蝉之最大者,夏月鸣声最大,声如"轧——",始终如一。全身黑色有光泽,间有褐色斑纹,身披金黄色细毛。雄虫长 4.4~4.8 厘米,翅展约 12.5 厘米,雌虫稍短。它们有一对很大的复眼,两个复眼之间还有三只排列成三角形的单眼。头顶有触角一对。它的嘴上长着一根像刺一样的口器,很发达,唇基呈梳状,上唇宽短,下唇延长成管状。它的胸部发达,后胸腹板上有一个显著的锥状突起,向后延伸。蝉有三对足,两对翅膀,翅膀是膜质,翅膜为焦黑色,基部黄褐色。腹部分七节,雄蝉腹部第一节间有特殊的发音器官,雌蝉同一部位有听器。

蝉的生物属性中最特别的是它的叫声。种类不同,叫声也不同。蝉喜欢"凑热闹",比如黑蝉就有群鸣的习性,只要有一只蝉带头,其他蝉就会齐声响应,一时鸣声大噪,震耳欲聋。因此,民间有谜语如此描述蝉:"天热爬上树梢,总爱大喊大叫,明明啥也不懂,偏说知道知道。"一般而言,从春末到初秋,蝉大概有六七十天的时间可以在阳光下高歌,其生命的大部分时光需要蛰伏于幽暗的地下。在古人看来,蝉或者春生夏死,或者夏生秋死,生命之短暂让人唏嘘。

蝉
为什么是"高冷"的昆虫？

蟪蛄　*Platypleura kaempferi*

宋词奇物说

文人言蝉,多指秋蝉,由自然之"秋",联想到生命之"秋",由秋蝉之悲吟、秋风之萧瑟,联想到枯叶衰草、韶华易逝。秋的寂寥加上蝉的"短命",激发了无数文人对于生命的感慨以及强烈的时间意识。庄子曾以"朝菌不知晦朔,蟪蛄不知春秋"(《逍遥游·北冥有鱼》)形容蝉的生命短暂,唐代陈子昂曾以"玄蝉号白露,兹岁已蹉跎"(《感遇诗》)感慨时光的流逝,唐代王维曾以"草间蛩响临秋急,山里蝉声薄暮悲"(《早秋山中作》)勾勒秋之肃杀。宋词中的咏蝉之作亦是数不胜数,比如柳永《雨霖铃》中的"寒蝉凄切"、葛长庚(白玉蟾)《酹江月·海天秋老》中的"听得寒蝉声断续,一似离歌相答",陈允平《解蹀躞(xiè)·岸柳飘残黄叶》中的"无奈历历寒蝉,为谁唤老西风,伴人吟苦"。

南宋末年以及南宋灭亡后,文人面对故国破碎、身世飘零、家园丧失的境况,又将悲自然之秋与悲家国之秋融合在一起,情感也变得更为含蓄蕴藉。比如王沂孙的《水龙吟·落叶》,借声声哀怨的蝉鸣寄托对故国的哀思。在悲秋主题下,文人还常常让蝉与秋风、秋雨、秋夜、秋日等秋景一同出现,组成以悲秋为主题的意象群。于是,蝉被加上了带有人类感情的定语,成为"寒蝉""秋蝉""乱蝉""疏蝉""哀蝉"……

蝉有着像针一样中空的嘴,可以刺入土壤或树体吸食营养。其幼虫生活在土里,吸食植物的根,成虫吸食植物的汁。有趣的是,蝉能一边饮食,一边唱歌,两不相妨。正如关于蝉的谜语所写的那样:"唱歌不用嘴,声音真清脆,嘴尖像根锥,专吸树枝水。"

蝉蛹会安静地在地下土壤里"躺"两三年,靠吸食植物根中的汁液为生,积聚了足够的能量后,它会破土而出,爬到树上,准备变成蝉。

蝉因其"栖高树""饮清露"等不同凡俗的特点而特别受古人的崇尚,被赋予清高孤傲的高洁形象。这种生物,在汉魏时期曾被看作"至德之虫",承载着"文""清""廉""俭""信"五德的美誉。唐代文人亦尊其品格、寄托遥深,比如虞世南的"居高声自远,非是藉秋风"(《蝉》),骆宾王的"露重飞难进,风多响易沉。无人信高洁,谁为表予心"(《在狱咏蝉》)。两首诗都是以蝉的高洁,比喻自己的品性,传达洁身自好、不同流合污的信念。所以,古代地位较高的权臣或文人雅士常戴蝉形物以体现自身人格高尚,如貂蝉冠、蝉腹巾。汉晋以来,高级官吏特用的冠前饰物蝉纹金珰还是一种荣誉的象征,多由皇帝赏赐。

蝉一般经 5 次蜕皮,需几年才能成熟。蝉蜕皮的过程也很有意思,它会找到一个合适的地方开始蜕皮,从背部隆起,头胸外翻,然后出前足、出中后足、出尾尖,最后整个翅膀从躯壳中伸展出来。翅膀一开始又小又软,和它刚出壳的柔软的身体一样,过了一会儿,便由小变大、由皱变平、由厚变薄,逐渐成为两对真正的、透明的、淡绿色的膜质翅膀，在阳光下非常好看，蜕出的"新鲜"翅膀跟空气接触了一段时间后，慢慢地变成褐色。等彻底蜕完皮之后，蝉的身体和翅膀同时都变硬了。经研究观察，蝉蜕皮的整个过程一般持续 1 个小时。蝉蜕去的那层外壳叫作蝉蜕。蝉蜕通常出现在树干上及叶片上。蝉蜕是一种中药，含有甲壳素及蛋白质，入肝和肺经，可以用来解表。

在文人笔下，蝉蜕充满象征意义，相当于获得新生或蜕变永生。同时，蝉的蜕皮也常常被用来形容人们于浊世中"出淤泥而不染"、洁身自好的信念与追求。司马迁《史记·屈原贾生列传》中的"蝉蜕于浊秽，以浮游尘埃之外……"，张孝祥《水调歌头·泛湘江》中的"蝉蜕尘埃外，蝶梦水云乡"，丘崇《满江红·癸亥九日》中的"向醉中、赢取万缘空，真蝉脱"即取其意。

蝉的象征性除了耀眼于文学园地，也延伸到人们的生活中。比如，从周朝后期到汉代的葬礼中，人们常把一枚玉蝉放入死者口中，也是希望死者获得超自然力量，得到庇护与永生，就像蝉经过蝉蜕一样"破茧重生"。当然，玉蝉也体现了当时的厚葬文化与宗教信仰。玉蝉最早出土于新石器时代，造型古朴、生动。它在红山文化、良渚文化中频频出现，可见那时人们对蝉的崇拜。随着时代发展与审美趋向变化，玉蝉逐渐被分类为冠蝉、含蝉和佩蝉三种，或被作为饰物装饰于帽上寄寓高洁，或被作为随葬品置于死者口中表达复育再生的愿望，或被佩戴在身上以做祈福、辟邪之用。

蝉纹饰被广泛地刻画于各种器物上，比如青铜器、玉器、陶瓷器，它们随着鼎、觚（gū）、盘等祭祀用品或生活用品走进人们的日常生活。常见的蝉纹分无足蝉纹、有足蝉纹、变形蝉纹，不但反映了人们的生活习俗，也呈现出装饰艺术的审美性。铜器上的蝉纹、蝉体大多呈现垂叶形三角状，四周附有云雷纹。酒器和食器上附有蝉纹，除了视觉的美感，大概还包含着蝉的象征意义，代表着饮食清洁。

成虫后的蝉褪去了外壳，额头方正，外观漂亮，蝉翼轻盈透薄。古代人十分擅长观察生活，他们发现了蝉翼的美，便将这种美用在发型上，用在文学作品里，于是有了"蝉鬓"之说。蝉鬓在宋词中频频出现，渐渐成为词作中美女的代称。如晏几道《于飞乐》所写的"娇蝉鬓畔，插一枝、淡蕊疏梅"，再如贺铸《忆仙姿》所写的"柳下玉骢（cōng）双鞚（kòng）。蝉鬓宝钿浮动"。洪适《浣溪沙》中的"蝉鬓半含花下笑，蛾眉相映醉时妆"更是物我同一，极其形象地临摹了女性的娇艳妩媚。

蝉和人们的生活息息相关，古时，不仅有玉蝉还有金蝉，也颇受人们喜爱，成为流行的饰品。古人最爱"金玉同框"，就像唐代魏澂在《奉和正日临朝应诏》中所描述的那样："锵洋鸣玉珮，灼烁耀金蝉。"1954年，考古人员在苏州五峰山发现了"金蝉玉叶"发簪。形神毕肖、金光熠熠的蝉停驻在玉叶上，这种女性饰物大概寄托着古人"金枝玉叶"或"金玉良缘"的美好寓意。

  如今，蝉饰品仍旧被视为吉祥的象征，比如一些人将其佩在腰间，希望"腰缠（蝉）万贯"；一些人将其佩在胸前，寓意"一鸣惊人"。

  蝉虽小，在中国传统文化中却意味丰富。出于对蝉的喜爱和崇拜，文人将其入诗入画。声声嘶鸣，叹尽身世家国；薄如蝉翼，尽显高洁品格。

  蝉，令人爱之，念之，欲罢不能。

动物明星小档案

学名 蟪蛄

分类 昆虫纲有翅亚纲同翅目蝉亚科蝉科蟪蛄属

别名 知了

国家分布 广泛分布

特征 体长约2.5厘米。全身紫青色,有黑纹,后翅除边缘为黑色。吻长,呈黄绿色,雄虫腹部有发音器。5—6月鸣叫。

冷知识

只有雄蝉才会叫!

炎热的夏季中午,人们经常被嘈杂的蝉鸣吵得睡不好午觉,似乎全世界的蝉都在努力鸣叫。真的所有蝉都会叫吗?

并不是!只有雄蝉会叫。这是因为雄蝉的发音器在腹肌部,像蒙上了一层鼓膜的大鼓,鸣肌每秒能伸缩约1万次,鼓膜受到振动而发出声音。因此,雄蝉善鸣,鸣声特别响亮。雌蝉的"乐器"构造不完全,不能发声,所以它是"哑巴蝉"。但是,雌蝉在腹部有听器,能根据雄蝉的叫声,选择合适的伴侣哦!

后记

　　动物是大自然的重要组成部分，也是人类世界的延伸，引领人们通往一个更开阔的未知世界。人类与动物的亲近由来已久，古往今来，许多作家把目光投向动物，借动物抒情言志，留下许多名篇佳作。动物世界就是一面镜子，不仅照见人类的现实生活与内心沟壑，同时也折射出时代的细节。

　　走近最能代表两宋文学成就的宋词，不但可以感受字韵的风华，还可以来一场和动物们的宏大邂逅。这里有绚丽的蝴蝶、啼血的杜鹃、飘逸的仙鹤、善语的鹦鹉……动物，作为特别的意象丰富了宋词的艺术时空。每种动物都是特别的"信使"，折射着宋人的生活、审美、志趣与情怀。无论是悲壮的浩歌还是委婉的浅吟低唱，词人与动物似乎经历着相通的悲喜。

　　动物与人类的关系多种多样，它们可以是忠实的伙伴、贴心的宠物，也可以是创作灵感的源泉、科研探索的导航等。动物独特的生存方式和生存哲学，常常能够引起人类思考和借鉴。与之相处，我们可以获得诸多启迪与暗示。学无止境，探求其他生命的特异功能，不但可以开阔我们的眼界，也能促进人类的科技进步。

　　我们在注视动物，动物也在注视我们。

鹿义霞

2024 年 9 月 29 日写于广西师范大学